a fila

BASMA ABDEL AZIZ

a fila

Tradução de Ryta Vinagre

Título original
THE QUEUE
A Novel

Primeira publicação por Dar Altanweer, Cairo.

Primeira publicação em língua inglesa por
Melville House Publishing, 2016.

Copyright © 2013 *by* Basma Abdel Aziz

Todos os direitos reservados.

PROIBIDA A VENDA EM PORTUGAL.

Direitos para a língua portuguesa reservados
com exclusividade para o Brasil à
EDITORA ROCCO LTDA.
Av. Presidente Wilson, 231 – 8º andar
20030-021 – Rio de Janeiro – RJ
Tel.: (21) 3525-2000 – Fax: (21) 3525-2001
rocco@rocco.com.br
www.rocco.com.br

Printed in Brazil/Impresso no Brasil

Preparação de originais
SÔNIA PEÇANHA

CIP-Brasil. Catalogação na fonte.
Sindicato Nacional dos Editores de Livros, RJ.

A991f   Aziz, Basma Abdel
  A fila / Basma Abdel Aziz; tradução de Ryta Vinagre. –
Primeira edição – Rio de Janeiro: Rocco, 2018.

  Tradução de: The queue: a novel.
  ISBN 978-85-325-3110-0
  ISBN 978-85-8122-737-5 (e-book)

  1. Autoritarismo – Literatura egípcia. 2. Distopias na literatura.
3. Egito – Política e governo – Séc. XXI – Literatura egípcia.
I. Vinagre, Ryta. II. Título.

                                    CDD–892.73
18-47655   CDU–821.411.21'6(620)-3

UM

Documento Nº 1

Informações do paciente:

Nome:	*Yehya Gad el-Rab Saeed*
Idade:	*38*
Estado civil:	*Solteiro*
Endereço residencial:	*Distrito 9 – Edifício 1*
Profissão:	*Representante de vendas*

A primeira coisa que Tarek fez quando chegou naquela manhã foi pedir o arquivo à enfermeira-chefe. Ela lhe trouxe uma pasta de plástico transparente que parecia lacrada nas bordas, na capa as palavras *Suspenso – Pendente de Aprovação pelo Portão*. Ele examinou esta frase grave, impressa em diagonal pelo canto em tinta vermelha-viva. O nome *Yehya Gad el-Rab Saeed* estava escrito em um cartão de identificação retangular e branco afixado bem no meio, e havia um número de sete dígitos ao pé do cartão. A primeira metade devia fazer parte do número de identidade nacional do paciente, e a segunda era um código que se referia a algum arquivo, algo que só os arquivistas compreendiam verdadeiramente. Abaixo do número, vinha o nome do médico responsável, seu próprio nome: *dr. Tarek Fahmy*. Por centenas de vezes, ele desejou que o nome fosse arrancado da etiqueta, mas não havia nada a fazer. O nome continuaria ali, com um rasgo na lateral, até que o destino decidisse pelo contrário.

Ele entrou no consultório com a pasta na mão, e Sabah, uma das enfermeiras, acompanhou-o com uma xícara de café. Colocou-a na beira da mesa de madeira antiga, como fazia todos os dias, depois ficou parada com as mãos cruzadas sobre a barriga ampla. Ela bocejou.

– Algo mais que eu possa fazer pelo senhor, dr. Tarek?

– Fique por aqui hoje, Sabah, talvez eu precise de você para uma coisa. – Como sempre, seu tom de voz era calmo e agradável, mas, para ela, Tarek estava estranhamente amuado.

– É claro, doutor. – Ela saiu, fechando a porta.

Tarek era um homem sério de meia-idade, um dos médicos responsáveis pelo Departamento de Emergência do hospital. Sabah o conhecia havia anos, desde que era um jovem residente que passava quase todo o tempo com os pacientes e raramente ia para casa. Ele não tinha muitos amigos, não saía com os colegas depois do trabalho e nunca faltava a um plantão, como faziam os outros. Era uma pessoa difícil de interpretar; ele se resguardava, fechava-se em sua sala durante os intervalos, nunca batia papo com as enfermeiras no corredor e nunca mencionou uma palavra que fosse a respeito de si mesmo ou da família. Mas todos sabiam que ele era um profissional habilidoso e – mais importante – tinha bom coração.

Tarek tomou um gole do café e passou a andar de um lado a outro da sala, sem tirar os olhos da pasta. Por fim, acomodou-se em sua cadeira de couro, abriu uma das bordas do arquivo e retirou a ficha que continha para fazer outra análise.

Para ele, manusear de fato o arquivo de um paciente era uma ocasião rara. Em geral, esses documentos só continham informações básicas, aquelas obtidas de todos os pacientes, escritas com rapidez e normalmente de qualquer jeito. Quando médicos e enfermeiros cansavam-se de preencher formulários, simplesmente escreviam o nome e a idade da pessoa, e acabava por aí. Mas, aqui, alguém tinha registrado com detalhes todas as informações pessoais do paciente; não sobrou nenhum espaço em branco. Todas as perguntas tinham uma resposta, até aquelas que não poderiam ser da preocupação de um médico. Até perguntas que uma pessoa mediana se surpreenderia de ver em um prontuário médico.

Yehya Gad el-Rab Saeed, 38 anos, Solteiro, Endereço residencial: Distrito 9 – Edifício 1, Profissão: Representante de vendas... Tarek repassou várias vezes estas informações básicas, até sabê-las de cor, embora não fossem o que mais o interessava a respeito do paciente.

Ele empurrou de lado o primeiro documento e retirou o seguinte. Houve uma série de batidas na porta e rapidamente ele devolveu tudo à pasta, fechou-a e escondeu na gaveta de sua mesa. Sentou-se reto enquanto Sabah voltava a entrar, trazendo uma nova pasta na mão.

– Tem um paciente perguntando pelo senhor, doutor. Devo dizer a ele que está ocupado?

Ele não tinha vontade de assumir nenhum outro trabalho naquele momento. Assim que começasse a analisar o arquivo de Yehya Gad el-Rab Saeed, seria transportado a um lugar onde não suportaria estar cercado de outras pessoas. Mas também não queria ter de dar explicações a Sabah, por isso disse a ela para levar o paciente a uma sala de exames e aguardar por ele lá. Estava pensando se devia devolver a pasta à sala de arquivo, em vez de deixá-la ali, em sua sala, quando se lembrou das chaves sobre a mesa. Vestiu o jaleco branco e saiu da sala, fechando suavemente a porta e cuidando de girar a chave duas vezes na fechadura antes de colocá-la meticulosamente no bolso da camisa.

O exame só consumiu alguns minutos. Ele fez algumas perguntas rápidas ao paciente, examinou-o às pressas e anotou um diagnóstico e o tratamento, mas sua mente vagava até a pasta que havia deixado na mesa. Pensou em fazer uma cópia do arquivo e levar para casa, onde poderia ler e refletir sobre ele sem ser interrompido, mas rejeitou a ideia, temeroso das consequências. Começava a entender que esta não era mais uma questão banal; era de interesse também da jurisdição de fora da administração do hospital.

Tarek era um homem que não ultrapassava os limites, um homem que nunca estivera no Portão, nem uma só vez em toda a vida. Sem perguntas, não há problemas – a vida passava por ele de forma previsível e monótona, como era de sua preferência. Ele terminou os estudos, recebeu o diploma de mestrado e não demorou muito para abrir a própria clínica. Até convidou uma colega para um encontro não muito tempo atrás. Só o que atrapalhava seu plano tradicional e estável era Yehya Gad el-Rab Saeed.

Por que ficara no hospital naquele dia, quando sempre saía assim que terminava seu plantão? Por que insistira em ver como estava o ferido, fazendo resolutamente tudo que podia para tratar de seus ferimentos e suturá-los antes que a ambulância o levasse ao hospital militar? Por que fora arrastado particularmente a Yehya, apressando-se a fazer raios X, ignorando todos os outros? Sua cabeça estava inteiramente embaralhada; as respostas e detalhes lhe escapavam o tempo todo. Havia partes daquele dia de que se lembrava, e ele as analisara durante as semanas que se passaram desde então, mas estas rapidamente eram vencidas pelas partes que ele não conseguia recordar. Era como se pedaços inteiros do que acontecera simplesmente tivessem desaparecido. Usar o arquivo para examinar o passado talvez ajudasse, mas em vez disso só exacerbava a confusão que ele sentia.

No caminho de volta ao consultório, ele passou pelas salas de exame vazias e viu vários médicos novos bebendo chá e café junto do rádio. Parou um minuto para ouvir: era o apresentador da Estação Jovem falando ao vivo com uma convidada do programa. O apresentador perguntou a ela sobre seus filhos, que ainda estavam na escola, e aplaudiu seus valores nacionalistas, muito dignos de imitação. Que atitude louvável a deles, de não sair de casa quando irromperam os Eventos Execráveis! Que princípios louváveis tinham, impedindo-os de serem levados pelas mentiras ou de espalhar falsos boatos eles próprios.

A convidada ficou deliciada com os elogios despejados sobre ela – não poupava esforços pelos filhos, acrescentou, toda emocionada. Dava-lhes orientação constante, assim cresceriam sabendo o que era bom para eles, e ela nunca teria medo de que os filhos se afastassem do caminho da retidão. Desconcertado, Tarek meneou a cabeça. Voltou à enfermeira-chefe. Perguntou-lhe se deixaria que ele terminasse uma papelada importante em sua sala sem ser interrompido, e ela lhe disse que dividiria os pacientes dele com os colegas. Ela convocou Sabah, que tinha terminado seu café da manhã, e disse para distribuir os prontuários igualmente entre as outras salas.

Tarek voltou à cadeira de couro, e as palavras do apresentador ainda soavam em seus ouvidos. O país tinha passado por um período turbulento nos últimos anos, embora ele tentasse manter distância de tudo isso. Como todos os outros, ele soube dos Eventos Execráveis quando aconteceram, ou talvez logo depois que tiveram início. Mas não estivera lá, não sabia muita coisa a respeito disso e nunca se interessara por descobrir mais. Ouvira comentários de passagem de colegas e conhecidos, de vizinhos e passageiros que o acompanhavam no transporte público, e tinha formado uma imagem vaga dos Eventos, de detalhes nebulosos, porém o bastante para ele participar quando as pessoas levantavam o assunto numa conversa. Se solicitado, daria sua opinião e diria que determinadas pessoas – aquelas que se encolerizavam por serem forçadas a seguir a ordem rigorosa que o Portão impusera logo depois de seu aparecimento – causaram uma agitação desnecessária. Elas rejeitaram as novas regras e quiseram criar um sistema diferente e menos autoritário, no entender de Tarek. Quiseram um regime mais leniente, talvez mais tolerante, mas, na opinião pessoal de Tarek, um regime que também era menos estável.

Os Eventos começaram quando um pequeno grupo de pessoas fez uma manifestação em uma rua que dava na praça. Não eram muitas, mas condenavam valentemente a injustiça e a tirania do Portão. Suas exigências eram grandiosas, eram coisa de sonho, disse outro médico a Tarek durante um dos plantões noturnos que fizeram juntos: os manifestantes pediam a dissolução do Portão e tudo que ele defendia. Logo outros também se juntaram aos protestos. Eles entoavam palavras de ordem com muita paixão, seu número cresceu, e o protesto começou a se deslocar, mas foi rapidamente confrontado pelas recém-formadas unidades de segurança do Portão. Estas acusaram os manifestantes de passar dos limites e disseram que não iam tolerar um comportamento tão ofensivo. Em seguida, as forças atacaram, para "devolver o juízo às pessoas", espancando-as com brutalidade. Quando os manifestantes feridos se dispersaram, batendo em retirada, e correram para as ruas transversais, foram acusados de "disseminar o caos" e tentar minar a abençoada segurança que enfim – e felizmente – retornara com o governo do Portão.

Os manifestantes rapidamente se reagruparam e voltaram a encontrar as forças de segurança em uma batalha na rua, que durou quatro dias. Caía um número cada vez maior de pessoas. A Força de Repressão foi criada para conter esse tipo de tumulto e era mais bem armada do que qualquer outro organismo do governo antes dela. No último dia, liberou a praça sem esforço nenhum, arrasando com todos na manifestação em questão de horas. No fim, o Portão e seus guardiães levaram a melhor e saíram dessa mais fortes do que antes.

Tarek jamais questionara o triunfo definitivo e esmagador do Portão. Mas também não se entusiasmava muito com ele, em particular devido ao tipo de ferimentos que tratara na emergência. Ele vira em primeira mão como o Portão havia assegurado sua vitória e sabia que uma oposição dessas dificilmente voltaria a se formar.

O Portão chegara ao poder muitos anos antes, na esteira de um levante popular conhecido como Primeira Tempestade. Tarek nunca demonstrara grande interesse pela história, mas se lembrava de ler sobre esses ventos da mudança que varreram todo o país no passado. O povo comum se ergueu, derrotou as forças de segurança nas ruas, superou as defesas da antiga guarda e quase obrigou o governante a se render. Infelizmente, porém – ou talvez fosse felizmente? –, as coisas não continuaram como tinham começado. O movimento se fragmentou antes de conseguir derrubar o regime. Algumas pessoas usaram os ganhos para garantir posição e poder. Outras continuaram o combate, deixando um rastro de destruição. Algumas se armaram na expectativa de um contra-ataque. Outras ainda ficaram cautelosas, porque o governante talvez conseguisse continuar no poder, e escapuliram para fazer seus acordos particulares com ele.

Logo a situação foi desvendada, e diferentes grupos que participaram da Primeira Tempestade acusaram-se mutuamente de traição. Estavam tão entrincheirados em seus próprios conflitos que se esqueceram do governante, e este começou a reunir seu círculo íntimo e recuperar influência e terreno. Enquanto as pessoas estavam distraídas com suas querelas, a velha guarda se reagrupou e se reconstruiu. Não passou muito tempo, e o Portão apareceu.

Tarek levantou-se da cadeira. Sentia-se esgotado, embora mal tivesse feito nada desde que chegara naquele dia. Mais uma vez passou os olhos por uma página do arquivo diante dele, por este paciente de cujos problemas ele não se lembrava inteiramente, depois pediu permissão para sair cedo, com a desculpa de uma tosse que disse já durar dias.

A FILA

No calor intenso, Yehya estava em uma longa fila que se estendia do final da rua larga até o Portão. Passou-se uma hora inteira e ele não tinha avançado mais de dois passos, e não era por ter havido progresso na frente da fila. Alguma alma inexperiente – provavelmente alguém que nunca na vida esteve no Portão – foi dominada pelo tédio, perdeu o ânimo e partiu.

O sol batia em seu lado esquerdo, dividindo-o em dois, como fazia diariamente no calor do meio-dia. Seu corpo parecia pesado, mas Yehya não saiu de seu lugar na fila. Na frente dele, estava uma mulher alta, cujos olhos disparavam ao redor. Vestia uma *galabeya* preta e leve e um véu preto, que caía pelo pescoço exposto, misturando-se com as rugas e vincos que o atravessavam. O jovem de pé atrás dele perguntou a que horas o Portão abria, e Yehya deu de ombros. Ele não sabia quando finalmente ia acontecer. Mas ainda saía de casa toda manhã, arrastando os pés, a barriga e a pelve, tudo pesado, para ficar na fila sem jamais chegar ao Portão.

A mulher era negra, como suas roupas; magra e envelhecida, mas naturalmente forte. Em vista de sua constituição robusta e o branco leitoso dos olhos, Yehya supunha que ela era do extremo sul. Ela se virou um pouco, lançou um olhar afiado que o avaliou rapidamente e, dando a impressão de considerá-lo aceitável, atirou-se de cabeça na conversa.

Ela chegara ao Portão ontem, segundo disse; viera dar entrada em uma queixa e conseguir um certificado autenticado, para aproveitar a viagem. Ficou em silêncio por um momento, para dar a ele a oportunidade de perguntar para que servia o certificado, mas Yehya não disse nada. Ela recomeçou, apesar da indiferença dele, dizendo que pela primeira vez na vida não conseguira comprar pão *baladi* feito pelo governo, do tipo que comprara infalivelmente durante anos. Olhou-o de novo, esperava ter despertado sua curiosidade, mas ele estava preocupado e não acompanhou o que ela dizia. Irritada, ela virou a cara e olhou em volta novamente, continuando de onde havia parado a história do pão, encontrando ouvidos mais atentos entre os outros vizinhos.

A mulher roliça na frente dela ajeitou com as duas mãos o véu turquesa e se aproximou – o assunto de uma queixa oficial a havia conquistado. Tinha um rosto jovem, apesar de seu peso; talvez tivesse trinta anos, com sobrancelhas finas, um nariz afilado e a pele bem tratada. Ela se solidarizou com a velha e perguntou, surpresa, se agora o pão também era de obtenção tão difícil. Com um forte sotaque do Sul, a velha começou sua história.

– Aquele desprezível filho de uma puta, aquele homem, eu era cliente dele há dez anos e todo dia comprava pão com ele, e então o que aconteceu, hein? Simplesmente fiz como faço toda manhã, fui comprar meus dois pães *baladi*, e ele me pergunta "Quem você escolheu?". Eu disse que marquei o quadrado ao lado do candidato do símbolo da pirâmide. Ele ficou enlouquecido, arreganhou os dentes e me disse "Conheço o seu tipo, gente como você merece é um chicote. Moça, eu não lhe dei a lista roxa para você escolher um daqueles candidatos?". Então eu me calei e estendi uma nota de uma libra, mas ele a jogou no chão, pegou de volta os dois pães e gritou para mim "Não temos pão nenhum! E não volte aqui!". Que audácia daquele homem! Então fui à padaria europeia, mas estava fechada. Na manhã seguinte, saí cedo, fui às padarias do mercado, mas por acaso eles também souberam do que aconteceu. Me disseram a mesma coisa e também não me deixaram levar pão nenhum. Minha vizinha me disse que, se era assim, eu devia entrar com uma queixa no Portão. Ela me disse que precisava pedir um certificado... esqueci como se chama... aquele com o selo do governo, porque eles certamente vão me pedir um quando minha queixa for investigada. – Ela meteu a mão em sua vasta *galabeya* e pegou um pedaço de papelão com as palavras *Certificado de Cidadania Legítima*.

A jovem deu um tapinha no ombro da velha numa tentativa de consolá-la. As coisas não eram como antigamente, pensou ela, e não iam melhorar tão cedo. A política tinha devorado a cabeça das pessoas até que elas mesmas começaram a se devorar mutuamente. Ela também tinha escolhido o símbolo da pirâmide na cédula, mas, ao contrário da velha, jamais confessava em quem realmente votara, a ninguém. Para falar com sinceridade, ela sentia muito medo. Nos últimos meses, a pergunta "Quem você escolheu?" se espalhara como uma praga, mas ela era cautelosa e atenta e sabia que era melhor guardar silêncio. As coisas chegaram ao ponto em que ela recorria a um velho truque para evitar perguntas. Sua resposta era sempre devolver a pergunta a quem a fez e acompanhar a resposta – qualquer que fosse – com uma piscadela, um sorriso tímido e a frase confiável: "Foi nele que votei também."

Ela só cometera um erro uma vez, uns dias atrás. Uma estudante da turma de árabe da qual ela era professora lhe entregou um trabalho que havia escrito, só um dever de casa comum, do tipo que todos os estudantes fazem. A menina escrevera um trabalho longo e brilhante sobre as condições no distrito onde morava, então passou a falar mais amplamente do estado do país e dos acontecimentos na região. As palavras da menina ecoavam o que a própria Ines poderia dizer, se ninguém estivesse ouvindo. Ela ficou tão impressionada que começou a duvidar da aluna, suspeitando que uma das irmãs mais velhas da menina, ou talvez um dos pais, tivesse escrito o trabalho. Em geral, os estudantes se saíam melhor no dever de casa do que nas provas, mas talvez outra pessoa tivesse escrito pelo menos um rascunho para ela. A menina jurou que não teve ajuda de ninguém da família, que cada pensamento e cada frase eram unicamente dela. Ines ficou inclinada a acreditar, e assim deu à aluna uma nota quase perfeita, fez com que a turma a aplaudisse e pediu à menina que lesse o dever na frente dos outros alunos, como um exemplo de excelência no trabalho.

No dia seguinte, a menina não compareceu à escola. Um inspetor de fala mansa chegou à sala do diretor, pediu para ver o Arquivo Pessoal de Ines e perguntou como ela havia sido contratada. Informou ao diretor que Ines tinha alguns formulários a preencher e precisava ir ao Portão para obter um Certificado de Cidadania Legítima. Disse que, se ela não cumprisse isto, ele seria obrigado a denunciá-la ao Escritório Administrativo, onde ela passaria por outro exame e outra avaliação, e eles determinariam se de fato era do interesse de todos que ela continuasse como professora. Antes de sair da escola, ele deixou uma fita cassete com o diretor. Mais tarde, Ines soube que tinha uma gravação da menina lendo seu trabalho.

Ao contrário das outras crianças, que adejavam de uma ideia à seguinte, Ines sempre quis ser professora. Quando menina, costumava colocar as bonecas em uma fila comprida na cama, segurava uma régua e dava aulas. Fazia perguntas às bonecas, uma depois da outra, e imaginava suas respostas. Quando ficou um pouco mais velha, continuou com sua brincadeira preferida sentando as crianças do bairro em fila na escada de seu prédio. Segurando um galho que havia quebrado de uma árvore, ela dava aos alunos pedras coloridas como recompensa ou batia a vara em seus ombros para repreendê-los por sua ignorância. Mas agora ela estava parada ali como uma estudante que cometeu o mais grave dos erros, esperando ser disciplinada. Talvez este único deslize impedisse que ela seguisse carreira na única coisa que sabia fazer. Ela olhou os outros parados na fila antes de contemplar a expressão descarnada de Yehya. Ele tinha os olhos fixos ao longe.

Yehya não interrompeu a velha desde que ela começara a falar. Ficou desligado dela, imerso nos próprios pensamentos. Não ouviu uma só palavra de sua história, nem de outras conversas a sua volta, mas ela não havia parado de falar, nem desistira de seu esforço obstinado de conquistar a atenção dele, como se fosse um desafio pessoal. Ines observou o desenrolar da cena.

– Todo mundo já tem problemas pessoais demais – cochichou ela.

O cansaço se arrastou pelo rosto de Yehya, e rugas fundas se formaram entre suas sobrancelhas. Nagy, que estava acocorado no chão ao lado do amigo, ficou indócil e quis ir embora. Yehya se curvou um pouco e resmungou em voz baixa. Nagy levantou-se e segurou o braço de Yehya, dizendo-lhe para se sentar em seu lugar por um tempo. Ele ficou recostado na sombra de uma faixa de tecido amarelo cujas cores tinham desbotado nas semanas desde as eleições, mas ainda mostrava o rosto do candidato, seu logotipo do grande coração vermelho e o símbolo violeta familiar do partido. Yehya rejeitou a oferta de Nagy, não por orgulho, mas porque a dor era tanta que ele não conseguia flexionar os joelhos para baixar o corpo naquela curta distância até o chão. Procurou no bolso uma cartela dos analgésicos que sempre levava, mas encontrou apenas uma embalagem vazia. Um jovem bonito na frente deles tinha entreouvido a conversa por cima do ombro de Nagy e ofereceu dois comprimidos de um remédio de balcão, do tipo para dores de cabeça. Também se ofereceu para guardar o lugar de Yehya na fila, se ele quisesse se recostar no lugar do homem por um tempo, mas Nagy agradeceu em nome de Yehya, dizendo ter ouvido falar que o Portão hoje seria aberto. Desta vez parecia certo, disse ele, e eles não podiam desperdiçar uma chance que talvez não voltasse tão cedo.

O jovem se aproximou um passo e, aos sussurros, perguntou-lhes do que eles precisavam no Portão. Yehya deu uma leve cotovelada em Nagy, tão leve que ele nem percebeu, e rapidamente respondeu:

– Ah, nada, só permissão para tratamento médico. Tenho uma dorzinha chata no estômago. Ela não me deixa dormir à noite e preciso de um remédio especial para isso... O médico me deu uma receita quando fui ao hospital e perguntei em várias farmácias, mas ninguém tinha. As pessoas que tomam dizem que está disponível nas clínicas públicas, mas você sabe como é... Elas precisam de permissão do Portão pra aviar sua receita.

O jovem assentiu solenemente e deu a impressão de que ia dizer mais alguma coisa, mas mudou de ideia e voltou a seu lugar na fila. A velha se intrometeu, disse que o remédio só o deixava mais doente, enquanto uma xícara de chá morno de hortelã ia restaurar sua saúde e livrá-lo também da dor. Ela deu um muxoxo de reprovação, curvou-se para Ines e colocou alguns galhos secos de hortelã em sua mão.

– Amanhã vou arrumar água quente na cafeteria da esquina e fazer o seu chá com isto – disse ela.

Nagy curvou-se e cochichou no ouvido de Yehya que, se ele tivesse metade da fé que a mulher demonstrava, faria muito bem a ele. Com um sorriso, Yehya rebateu:

– Se você tivesse metade da fé desta mulher, não teríamos de ouvir você divagar o tempo todo.

UM MABROUK

Um Mabrouk tinha acabado de limpar a última sala quando chegou a hora de ir embora. Ela foi ao banheiro, fechou a porta, tirou as roupas molhadas, lavou o rosto, vestiu uma *galabeya* limpa e calçou sapatos de salto baixo. Verificou se tinha tudo na bolsa, apalpou em busca do envelope dentro dela pela terceira vez, depois se despediu dos funcionários que ainda estavam no escritório e saiu às pressas, conseguindo se espremer em um micro-ônibus antes de ele arrancar da calçada. Quando chegou ao Portão, havia um rio de gente correndo pela rua, e sua meia, quando Um Mabrouk saltou na esquina, agarrou-se em um pedaço de metal que se projetava da parte de baixo da porta do micro-ônibus, que nunca se fechava. Ela puxou a bainha da *galabeya* e viu um buraco largo rapidamente se abrir. Seu último vidro de esmalte tinha se acabado havia pouco, mas ela manteve o sorriso mesmo assim. Andou ao longo da fila, garantindo aos que ali estavam que não ia furar, tinha vindo à procura de um parente, e passou por dezenas de pessoas até chegar a Yehya. Ela o reconheceu por sua nuca antes de ver o rosto e estendeu o braço para apertar a mão dele.

– Olá, Yehya. Tenho uma carta do escritório para você.

Yehya demonstrou preocupação com sua chegada repentina, mas tentou parecer acolhedor, como se esperasse por ela.

– *Ahlan, ahlan*... Como vai, Um Mabrouk? Fico muito feliz que você tenha conseguido vir. – Ela lhe entregou o envelope, com o sorriso ainda nos lábios.

– Não sei o que tem aí dentro... Espero que sejam boas notícias. Há mais alguma coisa que eu possa fazer por você?
– Obrigado, sinceramente você não devia se dar a todo este trabalho.

Um Mabrouk saiu apressada, e o coração de Yehya estremeceu, provocando espasmos por seu lado esquerdo, trazendo-lhe uma nova onda de dor. Um leve tremor abalou sua mão enquanto ele segurava o envelope, que Nagy insistiu que ele abrisse. Seu único conteúdo era uma folha de papel sem pauta com algumas frases escritas à mão.

Querido Yehya, espero que você esteja bem. Queria lhe dizer que um médico veio ao escritório ontem procurando por você, vestia uma farda militar e disse que trabalha no Hospital Zéfiro, mas não fez nenhuma outra pergunta. Vamos nos encontrar logo. Amani.

Depois de ler a carta, Yehya mergulhou em pensamentos profundos e perturbados. Não queria nada com um hospital, nem com ninguém dali. Não via Amani fazia uma semana inteira; eles marcaram uma hora para se encontrar e conversar sobre o que estava acontecendo, mas ele ficou preso na fila. Passava a maior parte do dia ali e às vezes até a noite, como muitos outros. Nagy se oferecera para trazer uma barraca para ele dormir, mas Yehya recusara. Preferia ser como todos os outros, conversando até as primeiras horas da manhã, depois cochilando por uma ou duas horas em seu lugar. As pessoas em volta dele permaneciam ali, resolutas, nos últimos dias ele não vira muitos dormindo, nem mesmo se sentando. Todos esperavam que a fila andasse a qualquer minuto e queriam estar preparados. Ele se viu fazendo o mesmo, embora não acreditasse no que lhe diziam a respeito do Portão – que podia se abrir ao amanhecer, ou até no meio da noite.

No caminho de volta para casa, Um Mabrouk afundou em um banco do antigo metrô, desfrutando de um momento de descanso depois de um dia longo e cansativo. No fundo, ela sabia que não conseguia mais trabalhar tanto, não como trabalhava quando era jovem e gozava de plena saúde. Um Mabrouk primeiro trabalhara para a mãe de Amani. Depois Amani a apresentara ao dono da empresa em que ela era funcionária, e ele a contratara para a limpeza, trabalhar na cozinha e dar uma ajuda no escritório três dias por semana. Quando a mãe de Amani faleceu, seguida logo depois pelo pai dela, Um Mabrouk passou a trabalhar em horário integral no escritório de Amani: cinco dias por semana, da manhã à tarde, com apenas alguns minutos de intervalo para o almoço. Quando as despesas de seu apartamento e dos filhos cresceram como uma enchente, e ela mal conseguia se manter à tona, Um Mabrouk pegou outras duas casas pequenas para trabalhar em seus dias de folga. O rosto de Um Mabrouk era vincado de tristeza. Se o destino não fosse tão duro, ela não seria jogada da faxina de uma casa para outra, trabalhando em tantos empregos.

Sua linha de raciocínio foi interrompida por um homem parrudo e de aparência suja que entrou no vagão do metrô enquanto a mulher de frente para ela se levantava do banco. Ele se precipitou para lá com suas roupas maltrapilhas, roçando nos joelhos de Um Mabrouk ao se sentar no lugar vago. Meteu a cabeça pela janela e de repente começou a cantar com a voz rouca e a chupar o cabelo comprido e sujo. Em silêncio, Um Mabrouk prometeu a si mesma que, apesar do cheiro ruim que ele emanava, ela só se levantaria em sua parada; raras vezes conseguia relaxar, e ele era o menor de seus problemas. Ela o observou atentamente e afastou um pouco as pernas, mas isto não impediu o homem, que parecia meio louco, de estender a mão curiosa para segurar seus seios. Um Mabrouk deu um salto, gritou, xingou e bateu nele com a bolsa, que se abriu, e o velho telefone quebrado de disco que ela levara do escritório para consertar caiu no chão. O homem entrou em pânico com o barulho, pulou para a porta do metrô, assustado, e saltou dele antes que o trem parasse na estação seguinte.

Gritos de medo e confusão se elevaram das mulheres em volta dela. Ouviu murmúrios de humilhação de alguns passageiros, e um homem alto cochichou, de olhos fixos no chão, que o lugar de uma mulher era em casa. Outra pessoa citou uma passagem do Livro Maior e, embora ela não conseguisse entender o que disse, sentiu, pelo tom de voz, que era dirigido a ela. Um jovem se aproximou e perguntou se ela estava ferida; não tinha mais de doze anos e vestia um uniforme escolar que claramente era velho, mas bem conservado. "Deus o abençoe, querido", disse ela, enquanto acariciava sua cabeça raspada. Ela continuou a série de insultos que tinha começado, abaixou-se para pegar o telefone, colocou o fone no lugar e voltou a se sentar. O homem a havia assustado verdadeiramente, mas ela culpava a si mesma. Afinal, decidira não desistir de seu lugar na frente dele e ficara sentada ali, enquanto os demais passageiros deram espaço ao homem assim que o viram.

Ela estava eternamente amaldiçoada com a má sorte e não havia um fim para seus problemas, por mais que se esforçasse para consertar as coisas. Seu filho de oito anos estava doente, tinha problemas renais e vivia entrando e saindo do hospital, buscando tratamento. Só no mês anterior, ela o levara lá várias vezes e vira seu corpo magro ser bombeado com o que pareciam galões de remédio. As duas filhas mais velhas não conseguiam ajudar nas contas da casa porque ambas sofriam de doença cardíaca reumática. Quando o médico leu para ela os resultados dos raios X e dos exames que diagnosticaram a doença, as meninas já estavam muito atrasadas na escola.

Tudo o que Um Mabrouk possuía eram dois cômodos em um apartamento úmido e decrépito, enterrado no fundo de um beco no antigo Distrito 3, onde o esgoto borbulhava, e um marido que nunca saía da cafeteria largara o emprego e vagava a esmo em busca de haxixe e comprimidos. Ela só o via quando ele ficava sem o dinheiro que tirava de seu pequeno salário, às vezes pela súplica, às vezes pela força. De vez em quando, à noite, ele saía da cafeteria e aparecia pedindo, exigindo mais dinheiro, e a repreendia e às vezes até a espancava quando ela o censurava. Para completar tudo isso, dois meses antes, Um Mabrouk caíra e quebrara a mão durante uma limpeza no teto do escritório, depois quebrou o pé esquerdo ao saltar de um micro-ônibus. Sentia dor desde então. Como se já não bastasse todo o resto.

Os vizinhos que notaram seus males infindáveis a aconselharam a descobrir por que ela sofria tal infortúnio, e foi o que ela fez. Procurou o Grande Xeque, antes que isto também fosse proibido – pelo menos era proibido sem uma permissão do Portão –, e ele disse que a falta de sorte a perseguia porque ela negligenciava suas orações. O remédio para a pobreza era curvar-se, rezar e abandonar os resmungos e as queixas. A cabeça de Um Mabrouk ficou repleta de tantas palavras e diante dela pareceu se abrir uma ideia para sair de seu sofrimento. Lágrimas de remorso humilde escorreram por seu rosto, e ela jurou que cumpriria com os deveres religiosos e não deixaria passar nenhuma oração. Até comprou um lenço branco para guardar na casa da mãe de Amani, para se certificar de ter um lenço de oração ali, mas se ateve ao novo compromisso por menos de duas semanas, e sua má sorte jamais a abandonou. Em alguns dias ela se esquecia, em outros postergava as abluções até ter terminado o trabalho. No fim do dia, descobria que havia deixado todas as orações por fazer e, exausta, jurava recomeçar no dia seguinte ao amanhecer. Mas então acordava atrasada e saía às pressas pela porta, pretendendo compensar durante o dia, e tudo continuava na mesma. Tinha tanta dificuldade para cumprir o que decidia fazer que às vezes se perguntava se talvez não estaria possuída por um espírito maligno.

Ela foi a pé pelo resto do caminho até em casa, a partir da estação do metrô. Tirou os sapatos e os meteu embaixo do braço direito antes de passar pela soleira de madeira desmoronada. Subiu a escada com pés tão ásperos quanto os degraus tortos, que eram perfurados de nós e buracos. Abriu a frágil porta de entrada, largou os sapatos e chamou o filho, Mabrouk. Pegou o telefone e deu a ele, abrindo um sorriso tão largo que seus olhos se espremeram em dois pontos minúsculos. Mas Mabrouk gritou quando levou o fone ao ouvido e não ouviu o tom de discagem de que ele se lembrava a época em que eles tiveram uma linha fixa, quando ele era um bebê. Cercada por um emaranhado de fios, ela lhe prometeu que o tom de discagem estaria presente dali a alguns dias. Lembrava-se da notificação que recebera do Portão no ano anterior, declarando que ela não tinha direito a uma linha telefônica devido a uma transgressão. Mas isto deve ter sido um engano, agora ela dizia a Mabrouk; tinha certeza de que o Portão resolveria isso em breve.

DOIS

Documento Nº 2

Hora, local e circunstâncias do ferimento

O paciente, Yehya Gad el-Rab Saeed, chegou à recepção às 14h45 da terça-feira, 18 de junho. Quem o acompanhava declarou que ele foi ferido aproximadamente às 13h30, ao passar pelo Distrito 9, onde ocorreram os Eventos. Eles declararam que tinham deixado a sede da empresa para encontrar alguns clientes e funcionários do outro lado da praça quando começaram confrontos entre pessoas desconhecidas. A agitação aumentou e se espalhou para as ruas vizinhas. Vários testemunharam sua tentativa de sair da área. Ele foi ferido, porém, e eles foram incapazes de identificar seu agressor. Levaram-no ao hospital nos ombros, e ele estava consciente ao chegar, apesar de uma perda significativa de sangue. Eles declararam que seus documentos foram perdidos no caminho e que a sacola de mercadorias que ele carregava foi roubada. Assim, não há provas da veracidade deste relato.

Anexa a este arquivo está uma lista detalhada dos nomes daqueles que acompanharam o paciente.

Assinatura da recepcionista

Tarek remoeu com irritação as palavras amontoadas no segundo documento. O sangue de Yehya tinha encharcado o chão e os lençóis quando ele chegou ao hospital. Se um médico ou enfermeira estivesse com ele quando foi ferido, teria feito com que os outros o carregassem com mais cuidado. Assim, teria havido tempo suficiente para chegarem à emergência mais ou menos uma hora depois do término do plantão de Tarek, e o nome de outro médico estaria no final deste prontuário: talvez Ahmed, ou Bahaa, ou mesmo Samah. Ou, se eles tivessem esperado pela chegada de uma das ambulâncias do Hospital Zéfiro, tudo estaria resolvido; Tarek não teria se encontrado com eles na emergência. Mas Yehya viera diretamente a ele, o primeiro dos que chegaram, seu corpo, um mapa da batalha. Tarek pegou um lápis que mantinha no bolso do jaleco e começou a rabiscar a página, absorto nas linhas e curvas que criava, invocando um lado artístico que abandonara havia muito tempo, um lado desligado de todo o resto que o cercava. Alguns minutos se passaram, e ele despertou do devaneio. Abandonou as ruminações sobre os Eventos, jogou o lápis na mesa e se levantou da cadeira de couro.

Na metade do segundo documento, em um espaço sem palavras, ele desenhou uma figura parecida com Yehya, quase nu, e um círculo sólido e pequeno, completamente preenchido, ocupando um espaço na parte inferior esquerda de seu estômago. Ele abriu a porta, pediu outra xícara de café puro a Sabah, depois se virou, olhando a mesa. Pegou uma borracha e apagou cuidadosamente o que havia desenhado. Levantou a folha de papel contra a luz que entrava pela janela e viu a silhueta de Yehya e a sombra do círculo sólido, agora ausentes.

NO CAMINHO PARA AMANI

Cerca de uma semana depois de Um Mabrouk chegar com a carta, dois acontecimentos despertaram curiosidade e comoção na fila. Primeiro, a velha do Sul, que não se sentou para descansar nem por um momento desde sua chegada, de súbito desmaiou. O filho apareceu de imediato, um jovem bronzeado que a carregou dali antes que alguém pudesse perguntar como ele sabia que ela estava desmaiada. Alguém disse que ela foi dominada pelo cansaço e seu espírito tinha se elevado para encontrar o Criador, enquanto outros disseram que ela ia sobreviver e foi levada para a unidade de tratamento intensivo do hospital militar, onde podiam monitorar como funcionavam seu coração e os pulmões. Mas o homem da *galabeya*, que aparecera na fila subitamente, sem dar explicações, proclamou que isto era um sinal de que Deus estava furioso porque ela enganara a si mesma e a todos os outros cidadãos. Apesar de vir ao Portão e reconhecer o que havia feito, ela não se arrependia nem escondia o erro de seus hábitos – em vez disso, ela os ostentava, desfilando-os desavergonhadamente por aí. Pior ainda, em vez de procurar apresentar um pedido de desculpas ou pedir o perdão de Deus, inclinou-se a registrar uma queixa, como se ela é que tivesse sido enganada. O silêncio o cercou enquanto ele erguia as palmas das mãos para o céu e proclamava: "Só aqueles que se desgarraram escolheram os candidatos da pirâmide!"

O segundo acontecimento foi o aparecimento de Ehab, que de cara anunciou ser jornalista. Não tentou esconder o fato, como fizeram com frequência os repórteres que chegaram antes. Ele se considerava superior para reservar um lugar na fila e, em vez disso, passou a percorrer de um lado a outro as pessoas que aguardavam, fazendo perguntas e registrando tudo em um pequeno bloco. Começou como um desordeiro, um militante rubro de entusiasmo, e parecia que as grandes distâncias que atravessava durante o dia jamais o cansavam.

Enquanto isso, as pessoas de pé na soleira do Portão estimavam que havia três quilômetros inteiros entre elas e o fim da fila – para grande desgosto daqueles perto do final, que insistiam que não estavam tão longe assim. No meio da fila, os dois lados estavam prestes a explodir numa briga pelas variadas estimativas da distância quando um conhecido auditor no meio da fila interferiu e se ofereceu para resolver a questão. Pedindo algum silêncio, fez cálculos rápidos, usando seu conhecimento geográfico da área, informações fornecidas a ele pelas duas partes (representantes do início e do fim da fila) e uma descrição detalhada dos vários marcos geográficos da região e do terreno em geral. Cuidou de incluir o terreno agora ocupado pelos mais recentes acréscimos à fila, aqueles que se juntaram a ela durante a noite. Por fim, segurando caneta e papel, o homem anunciou que a distância na realidade era de aproximadamente dois quilômetros. Aqueles que minutos antes estavam no pescoço do outro ficaram satisfeitos e pararam de gritar, e todos voltaram a seus lugares, contentes com os resultados.

Yehya sentia que o dia já fora agitado, em comparação com os dias vazios e infindáveis de antes. As pessoas na fila tinham o bastante para debater e discutir até a noite cair, e Yehya pensou que era improvável que houvesse outro grande evento – como a abertura do

Portão. Além disso, o Portão não seria reaberto sem que fizessem algum anúncio de antemão. Ele ficava irritado com Ehab e suas perguntas, a indignação que ele podia invocar sem nenhum fundamento, sua insistência em falar sobre assuntos ridículos e arrancar respostas a perguntas que não tinham mais importância para ninguém. Seus pensamentos voltaram a Amani, e ele percebeu que devia se apressar para visitá-la. Não parecia que algo mais ia acontecer no Portão no dia de hoje. Embora o ímpeto desse a impressão de se formar, as coisas aconteciam lentamente por ali e sair por algum tempo não causaria mal nenhum.

Assim que a velha sulista foi levada, apareceu diante dele Ines – aquela jovem professora tola que ele julgava meio estranha. Todos tinham algo a dizer a Ines, e ela ouviu incansavelmente as preocupações triviais e as histórias intermináveis, mas ninguém jamais a ouviu pronunciar nada de importante ou útil. Yehya não estava nada inclinado a falar com ela. Não queria lhe dizer que sairia por algumas horas, apesar das convenções da fila, desenvolvidas com o passar dos dias e agora praticamente gravadas em pedra. Se ele contasse aos que o cercavam um pouco sobre si mesmo e aonde ia, teria permissão para guardar seu lugar na fila – mesmo que saísse por muito tempo –, porém Yehya decidiu fugir da tradição e assumir o risco. Saiu sem dizer nada e calmamente escapuliu dali. Nagy o alcançou e entrou instintivamente em seu ritmo, sem saber aonde iam.

O clima era quente e úmido, e o sol, à medida que subia, parecia dissolver o céu por trás. Diante dos dois, a rua aparentava ter acabado de surgir de uma guerra invisível: papéis espalhados para todo lado, garrafas quebradas jogadas pelo chão, caixas de lixo para fora das lixeiras, pilhas de pneus queimados ainda soltando fumaça e, de vez em quando, chamas. Nagy percebeu que já fazia algum tempo que não ouvia notícia nenhuma de Tarek. Ele perguntou a Yehya, que desprezou a questão com um gesto. Não viu nem telefonou para Tarek desde aquela noite deplorável no consultório dele, quando o médico lhe mostrou aqueles documentos. Eles saíram da rua principal e foram para o edifício de Amani, Yehya tomando as transversais, por instinto. Passaram por várias cafeterias sonolentas e algumas lojinhas que ladeavam a rua, a maioria tendo encerrado o dia atrás de pesadas grades de metal, embora ainda não fossem quatro horas da tarde.

Nagy disse ter sabido que muitas lojas fecharam para sempre. Os lojistas passavam tanto tempo na fila que não conseguiam comprar nem vender nada, nem supervisionar seus funcionários, e assim decidiram se livrar das mercadorias. Ele soube que até quem não precisava entrar na fila fez o mesmo quando começaram os Eventos Execráveis; fecharam seus negócios, um depois do outro, com medo das perdas que assomavam no horizonte. Um parente dele, um homem que estava por dentro de tudo, contou-lhe que às vezes os outros não acreditavam que as lojas estivessem vazias e invadiam. Quando não encontravam o que procuravam, pegavam tudo que pudessem carregar: computadores e cadeiras, cortadores de queijo e fatiadores de frios. Até os cadeados de metal desapareceram das portas nessas partes da cidade.

Yehya e Nagy andaram pelas ruas quase vazias. Ninguém sabia mais quando era a hora do *rush*; não havia horário de trabalho marcado, nem cronogramas, nem rotinas. Os estudantes saíam da escola em todo tipo de horário, boatos diários determinavam quando os empregados iam para casa, e muita gente decidira abandonar completamente o trabalho e acampar no Portão, na esperança de cuidar de sua papelada que tinha sido postergada ali. Os novos decretos e regulamentos não poupavam ninguém.

Yehya meneou a cabeça em silêncio. Desde que o Portão se materializou e se insinuou em tudo, as pessoas não sabiam onde terminavam os assuntos dali e começavam os próprios. O Portão apareceu muito subitamente enquanto esmaecia a Primeira Tempestade, bem antes dos Eventos Execráveis. O governante na época era injusto, e a resistência popular se formou em oposição a ele. O levante que se seguiu minou a reputação do governante e colocou em risco suas propriedades e os bens de sua camarilha. Ameaçou varrer o sistema que ele e seu círculo íntimo consideravam tão agradável e queriam desesperadamente preservar. Certa noite, quando as tensões cresciam, o governante transmitiu pela televisão um pequeno pronunciamento, em que falou da "necessidade de pôr rédeas na situação". Não houve nenhum outro anúncio do aparecimento do Portão: no dia seguinte, as pessoas acordaram, e ele simplesmente estava ali.

No início, ninguém sabia o que era aquela estrutura imensa e assombrosa que simplesmente dava seu nome – o Portão Principal do Edifício Norte – como pretexto para sua existência. Entretanto, logo as pessoas perceberam a importância que agora ele teria em sua vida. À medida que o governante desaparecia aos olhos do público, era o Portão que cada vez mais regulava procedimentos, impunha leis e regulamentos necessários para colocar em marcha várias questões. E então, um dia, o Portão emitiu uma declaração oficial detalhando sua jurisdição, que se estendia simplesmente a tudo em que qualquer um conseguisse pensar. Este foi o último documento a trazer o selo e a assinatura do governante. Com o passar do tempo, o Portão começou a introduzir algumas políticas novas e logo era a única fonte de todos os regulamentos e decretos. Em pouco tempo, controlava absolutamente tudo e tornou todos os procedimentos, a papelada, as autorizações e permissões – até aquelas para comer e beber – sujeitos a seu controle. Impôs taxas onerosas a tudo; agora, até olhar as vitrines estava sujeito a cobrança, a ser paga pelas pessoas que cuidavam de seus afazeres, bem como por aqueles que simplesmente andavam pela calçada. Para pagar pelo custo de imprimir todos os documentos de que precisava, o Portão deduzia uma parcela do salário de todos. Assim podia garantir um sistema da máxima eficiência, capaz de implantar plenamente sua filosofia.

Apareceu também toda uma gama de unidades de segurança: a Força de Dissuasão existia para proteger o Portão e só aparecia quando algo indicava perigo próximo do edifício. A Força de Ocultação tinha a tarefa de proteger o Hospital Zéfiro e outras instalações cujos documentos, arquivos e informações eram altamente secretos. Por fim, a Força de Repressão lidava com o confronto direto e as escaramuças aleatórias com manifestantes durante períodos de inquietação e caos. Sabia-se bem que esses guardas eram os menos disciplinados de todos, mas também os mais ferozes em combate.

Yehya não desconhecia a série de desastres que o aparecimento do Portão desencadeou na vida das pessoas. A empresa na qual ele trabalhava quase entrou em falência depois de ser obrigada a pagar as novas taxas obrigatórias. E então chegou um folheto notificando a empresa de que eles foram designados para fornecer equipamento à Força Alimentar. A tarefa era proibitivamente cara e era impossível realizá-la sem perdas financeiras consideráveis e constantes, e a empresa nem mesmo trabalhava no ramo de alimentos, para começar. Mas seus apelos lhes foram devolvidos com o carimbo INDEFERIDO. Foram obrigados a demitir vários funcionários para cumprir a tarefa e, embora Yehya tenha sobrevivido à primeira rodada, não esperava durar à seguinte. Rumores de insatisfação circulavam em meio à equipe, mas ninguém tinha coragem de se manifestar em voz alta. Logo ficou evidente que o Portão e suas unidades de segurança tinham apertado o cerco por toda a região. A influência do Portão começou a invadir empresas e organizações, a entrar nas ruas e nos lares do povo.

E então, um dia, Yehya ouviu falar de gente que não suportava mais o que estava acontecendo. Espalhou-se a notícia de que um pequeno grupo de pessoas, unidas recentemente, ia organizar um protesto. Ele ficou cético, não acreditou que fosse possível um levante no reinado do Portão, porém, ao mesmo tempo, pediu licença do trabalho e saiu na hora combinada, depois de decidir que assistiria de longe. Tinha dado apenas alguns passos na direção da praça quando de súbito perdeu todo o senso das coisas – percebeu que tinha caído no chão, embora não sentisse dor nenhuma, depois perdeu a consciência. Só acordou ao chegar ao hospital. Mais tarde, soube que o Portão tinha se fechado naquele dia em resposta ao que ficou conhecido como os Eventos Execráveis. Não se abriu desde então, nem atendeu a nenhuma necessidade dos cidadãos, entretanto também não parou de promulgar leis e decretos. Ele tinha de abrir, imaginou Yehya. Que motivo haveria para continuar fechado? Os Eventos Execráveis terminaram com a afirmação do poder do Portão e sua crescente onipotência. Não fazia sentido fechar indefinidamente, a não ser que estivesse ministrando outra forma de punição.

Quando eles chegaram ao edifício de Amani, Nagy pediu licença e saiu para que Yehya ficasse a sós com ela. Yehya tocou a campainha duas vezes até Amani abrir a porta. Apesar de desejar muito vê-lo, ela o olhou nos olhos por um momento fugaz, e seu olhar viajou para baixo por instinto. Ela examinou as roupas dele, e Yehya rapidamente percebeu que Amani procurava algum sinal de curativos. Ficou espantada quando não viu nenhum e novamente se encheu de ansiedade. Embora não acreditasse em milagres desde que era jovem, continuava desejando o acontecimento de algum. Ela se agarrava a sua esperança de que Yehya passasse pela cirurgia: que fosse bem-sucedida, que ele se recuperasse, e esse pesadelo ridículo em que eles se meteram chegasse ao fim.

    Acontecesse o que fosse, Amani nunca mudava. Yehya sabia que ela era guiada por suas emoções e jamais considerava as coisas racionalmente. Sabia que ela esperava que seus sonhos se realizassem como que por mágica e nunca levava em consideração os obstáculos, mesmo que tivesse consciência deles e da dificuldade que representava sua superação. Ele lidava com o otimismo dela tentando fazer com que se combinasse ao máximo com a realidade, mas desta vez era diferente. Ela própria fora atraída ao incidente. Ele a puxou para perto, dando um fim à inspeção e às esperanças otimistas. Deu um beijo no alto de sua cabeça, depois na boca, mas não conseguiu abraçá-la como queria – a dor disparava impiedosamente pelo lado esquerdo do corpo, e ele se sentou, dizendo a si mesmo que viriam dias melhores no futuro. Ela se sentou com ele por alguns minutos na sala de estar, depois foi à cozinha e voltou trazendo duas xícaras de chá e o bolo que havia preparado para comemorar o aniversário de 39 anos de Yehya. Ele refletiu, com um humor irônico, sobre o fato de ser o primeiro aniversário que comemorava com uma bala alojada nas entranhas.

    Amani não tinha nenhuma vela no apartamento, e eles também não tinham vontade de encenar as comemorações habituais – para eles, bastava que ficassem juntos. Ela serviu chá para os dois e cortou o bolo em fatias generosas, desejando o tempo todo que a bala simplesmente desaparecesse. Ela lhe deu um beijo na testa e lhe passou o prato, mas ele não podia comer com ela; a dor lancinante se espalhara por todo o estômago e descia pelas coxas. Ele se deitou no sofá e fechou os olhos, e ela lhe trouxe um copo de água, sentando-se em uma cadeira ao lado, sem se atrever a tocá-lo. Estava angustiada. Era um tormento vê-lo esparramado daquele jeito, fraco e derrotado, e ela se sentiu demasiado idiota e impotente. Sabia que o copo de água não ajudaria em nada. Yehya adormeceu, e Amani vagou por suas lembranças, parando na frente do Edifício Norte, onde Yehya ficava de pé todo dia, com impaciência, esperando para entrar. Ela via o Edifício Norte com frequência, mas apenas de longe: uma estranha estrutura octogonal carmim, um pouco mais alta do que os muros de concreto que se estendiam de cada lado. A entrada principal do edifício era o próprio Portão, construído em uma de suas oito faces. Não tinha janelas nem sacadas visíveis, apenas paredes nuas de ferro batido. Se não fosse pelas pessoas que antes entraram e contaram todas as salas e escritórios ali dentro, alguém que o visse teria imaginado ser um bloco enorme, sólido e impenetrável.

Yehya demorou muito a dormir. Ficou preocupado quando Amani se calou e começou a observá-lo atentamente; ela contava suas expirações e sincronizava a respiração com a dele, assim notaria se algo mudasse. Ele invocou alguma força e se mexeu no sofá, e seu rosto recuperou certa vida. Entristecia Yehya que eles não conseguissem achar mais nada do que falar, só aquele caos desconcertante que tinha se tornado seu único tema de conversa do amanhecer às horas nefastas da tarde. Ele acordava e dormia, andava, comia e bebia, e bem no fundo de seu corpo estava uma bala que se recusava a deixá-lo.

Yehya sentou-se e, quando Amani viu este movimento, parte da preocupação sumiu de seu rosto. Ela sugeriu que eles visitassem Tarek, se ainda houvesse tempo; tinha certeza de que podia apelar ao senso de dever dele como médico e convencê-lo, em particular porque as coisas tinham mudado desde sua última consulta. Yehya dera início aos procedimentos necessários: tinha um lugar na fila e ficaria ali até receber a permissão. Era simplesmente uma questão de tempo, nada mais do que isso, então talvez Tarek mostrasse alguma compaixão e concordasse em ajudar Yehya antes que toda a papelada estivesse concluída. Não havia tempo a perder, nem para aderir a leis arbitrárias que não estavam ajudando a ninguém. Yehya assentiu, comeu um pedaço pequeno do bolo e lentamente se levantou, com a mão na lateral do corpo.

 Eles estavam quase saindo quando o telefone tocou. Amani hesitou por um momento, voltou-se e atendeu. A voz de barítono de Nagy brotou do fone, e ele ficou satisfeito ao ouvir a voz dela – já fazia muito tempo que não a via, talvez desde que Yehya tinha sido ferido. Terminara havia pouco suas tarefas e estava retornando à fila, e se ofereceu para levar Yehya de volta, mas Amani lhe pediu que os encontrasse no hospital. Era uma chance de se encontrarem depois de não se verem havia algum tempo, mesmo que o lugar em si trouxesse lembranças ruins para todos os três. Yehya tirou o fone das mãos dela para lembrar Nagy de se precaver e ficar atento ao que falasse se chegasse ao hospital antes deles, para não dizer nada a Tarek sobre as outras pessoas à espera na fila, nem por que estavam lá. Enquanto desciam a escada, Amani lembrou Yehya da carta que ela mandara por intermédio de Um Mabrouk; Yehya não dissera o que ia fazer a respeito do médico suspeito que passara no escritório onde eles trabalhavam. Surpreso, Yehya percebeu que havia se esquecido completamente disso. A carta vaga de Amani o confundiu e preocupou quando ele a recebeu, e ele pretendia pedir a ela que explicasse o que estava havendo. Ela trazia apenas uma informação real: o Hospital Zéfiro, o lugar onde o homem trabalhava. Nada além disso, nenhum nome, nem patente, nem mesmo seu cargo. O médico não pedira a ela que fizesse nada, nem mesmo que informasse a Yehya que ele tinha aparecido – só fez uma breve pergunta a Amani, depois foi embora. Apesar de ter sido o motivo para Yehya sair da fila e visitar Amani, esta mensagem enigmática evaporara de sua memória, seu lugar foi preenchido pela dor. Porém, mais uma vez ele deixou a discussão de lado: estava ficando tarde, e eles correram para alcançar Tarek.

Nagy tomou o caminho mais rápido que conhecia até o hospital. Ultimamente, as ruas davam a impressão de um carnaval; desde que os Eventos terminaram, transbordavam de vendedores de rua oferecendo todo tipo de comida, bebida, roupas e um sortimento de objetos cotidianos. Ele desfrutava da atmosfera animada e vibrante. Mais importante para ele, era uma mina de ouro de livros e jornais. Notou uma gaiola de madeira para pássaros coberta por uma pilha de jornais e revistas em uma esquina mal iluminada e um homem sentado de pernas cruzadas ao lado dela, meio adormecido, a cabeça caindo no ombro como se pudesse acordar a qualquer momento. Nagy passou os olhos pelas manchetes, em busca de algo específico. Sem acordar o homem, deixou o dinheiro para um exemplar de *A Verdade* e uma revista – em tese, trimestral, mas agora publicada com a periodicidade que seus editores conseguiam manter. A fome agitou as profundezas de sua barriga, e ele se deteve na frente de um carrinho onde batatas-doces eram assadas e vendidas. Mas a fumaça que subia dali lhe trouxe lembranças daqueles eventos inquietantes e recentes. Ele ficou parado ali, por um momento petrificado, depois rapidamente seguiu caminhando, de mãos vazias, a não ser pelo jornal e a revista.

TRÊS

Documento Nº 3

Exames realizados, sintomas visíveis e diagnóstico preliminar

O paciente está consciente, alerta e ciente do ambiente; pressão sanguínea e pulsação normais; os sintomas visíveis incluem: sinais de asfixia e ruptura do sistema nervoso, sangramento em torno das feridas de entrada e saída provocadas por um [eliminado], sinais de abrasão recente e hematomas nas costas, pelve e região do antebraço, [eliminado; ferimento escrito acima disto] penetrando a região pélvica junto com hemorragia profusa, desvio do pulso. Os procedimentos realizados incluem [longa frase, eliminado].

Complementos necessários: exame de sangue completo; análise das funções hepática e renal; ultrassonografia de abdome, pelve e peito; radiografia do antebraço direito.

Tarek leu o documento repetidas vezes. Em cada ocasião, virava a página para ver o outro lado e sempre o encontrava em branco. Procurava por uma descrição detalhada que ele havia escrito e assinado de próprio punho depois de ver a radiografia, mas não estava ali. Faltavam páginas; ele não sabia como tinham desaparecido, mas claramente outra mão esteve mexendo no arquivo. Todas as informações úteis foram suprimidas e substituídas por um relatório superficial; nem mesmo um recém-formado teria escrito algo tão inútil, e ele não fazia ideia de quem teria sido o responsável pelas alterações.

Ele se lembrava nitidamente de ter estancado a hemorragia e ministrado os primeiros socorros, depois foi obrigado a fechar o ferimento, deixando a bala onde estava, junto da bexiga de Yehya. Um ato semelhante jamais lhe teria ocorrido; era um cirurgião com firme compreensão de seu trabalho e consciência de suas repercussões. Porém, um colega mais novo informara que ele precisaria de uma permissão especial, se pretendia extrair o projétil. Depois de um debate acalorado, o outro médico foi ao arquivo, retirou uma pilha de papéis que havia sido cuidadosamente colocada na primeira prateleira e dela pegou um documento amarelo-claro. Jogou na frente de Tarek, farto de sua ingenuidade, e lhe disse para ler antes de tomar uma decisão. Tarek pegou o documento e lutava para entendê-lo quando um apito agudo disparou durante o confronto dos dois.

Uma ambulância havia chegado, e os pacientes feridos eram meticulosamente divididos em grupos, Yehya Gad el-Rab Saeed entre eles. Seus ferimentos foram avaliados, em seguida foram levados ao Hospital Zéfiro, do governo, que tinha se superado nos preparativos para receber os feridos, de acordo com anúncios no rádio e na televisão.

Agora em seu consultório, Tarek deixou o arquivo e a pasta na mesa e foi se sentar na cadeira do outro lado da sala, levando apenas o terceiro documento. Era a página que realmente o incomodava, porque sempre que ele a retirava do arquivo, lia e chegava ao final do primeiro parágrafo, lembrava-se de tudo que acontecera depois. Na manhã após os Eventos, um médico fardado apareceu no hospital e solicitou uma reunião com ele: ele, o dr. Tarek Fahmy. O homem se recusou a se sentar e dispensou as ofertas cordiais de chá ou água enquanto esperava. Tarek foi convocado minutos depois e aproximou-se, hesitante, encontrando um médico de aparência grave, em seus cinquenta anos, andando pelo saguão e examinando as imitações de telas a óleo penduradas na parede. Tarek o convidou a sua sala e estendeu a mão, que o homem apertou com frieza.

Assim que eles entraram e fecharam a porta, o médico mostrou uma identificação oficial qualquer que ninguém se atreveria a questionar, perguntou sobre a radiografia de Yehya, abriu a pasta e retirou uma ordem para confiscá-la. Tarek perguntou se ele gostaria de um suco ou algo quente para beber, mas o homem novamente declinou com firmeza. Ficou de pé, impaciente, e pediu a Tarek todas as cópias que existiam da radiografia. Porém, pensando agora, Tarek percebeu que o homem na verdade não fez perguntas. Não formulou nada de modo a deixar espaço para uma recusa a sua solicitação. As palavras que saíram de sua boca foram ordens diretas, habilidosamente cobertas por um verniz de cortesia, porém implicando uma autoridade maior do que possuía qualquer médico de ambulatório.

Tarek chamou a enfermeira-chefe e lhe disse para trazer imediatamente o prontuário de Yehya Gad el-Rab Saeed. No momento em que ela bateu à porta, o médico girou a maçaneta, abriu-a num puxão e arrancou a pasta das mãos dela. Tarek ficou parado ali, com a mão estendida para a enfermeira, mão que continuou suspensa no ar por vários segundos. O médico disse a ela para sair e não os incomodar, e voltou a fechar a porta. De um jeito tranquilo, sentou-se na cadeira de couro de Tarek, absorto na radiografia e ignorando Tarek, que continuou onde estava, parado na frente da porta. O homem retirou tudo da pasta e assentiu, satisfeito. Com cuidado, pegou a radiografia com uma única palavra – "Excelente" – e saiu da sala.

Apesar de ter sofrido uma humilhação quase insuportável, Tarek ficou em silêncio até a partida do homem. Mesmo que tivesse uma chance, ele não se atreveria a protestar ou questionar o médico – sabia muito bem que a visita tinha alguma relação com o Portão do Edifício Norte. Tarek teria de ser um tolo para pensar que não haveria consequências se irritasse um homem daqueles, em particular em tempos tão difíceis e incertos. Algumas horas depois, ele soube que o aparelho de raios X no porão tinha um grave defeito, e Sabah contou ter visto um carro do Portão, com janelas escurecidas, levando-o para ser inspecionado e consertado. Yehya voltou ao hospital dois ou três dias depois, completamente exausto. O ferimento que Tarek tinha costurado com as próprias mãos sangrava, e o homem dava a impressão de que ia desmaiar. Yehya se apresentou, embora não precisasse, e perguntou se Tarek podia ajudá-lo a dar entrada nos procedimentos de admissão no hospital. Queria continuar o tratamento e ter a bala removida, disse ele, e saiu do Hospital Zéfiro porque os médicos de lá não podiam fazer a cirurgia de que ele precisava. Depois da chegada de tantos feridos, disseram a ele que seu estado era relativamente estável se comparado com os outros e adiaram a operação.

Tarek teve um desconforto ao lembrar que não parecia a hora certa de contar a Yehya sobre a visita oficial que recebera do médico interessado especificamente no caso dele, apesar de todos os outros pacientes feridos. Ele sabia que não conseguiria esconder isso para sempre; sabia que Yehya procuraria pelos raios X quando voltasse, que de um jeito ou de outro descobriria ter sido levado para o Hospital Zéfiro contra a vontade dele e que não era provável que voltasse a ver a radiografia. A cena que se seguiu faiscou por sua mente: a sala vazia onde ele ajudou Yehya a entrar, a porta que ele garantiu estar fechada para que ninguém ouvisse a conversa, o armário do qual retirou o documento amarelo, o mesmo que o havia impedido de fazer a cirurgia quando Yehya chegou, ferido. Ele se lembrou da sensação dos papéis quando os folheou pela primeira vez para ler o que diziam e recordou a expressão de Yehya enquanto ele lia suavemente a página que tinha diante de si:

Termos e provisões emitidos pelo Portão sobre a realização do trabalho em instalações médicas

Artigo 4 (A): "Autorização para a remoção de balas." A extração de uma bala ou qualquer projétil de arma de fogo, seja em uma clínica, em hospital particular ou do governo, do corpo de uma pessoa morta ou ferida, é um ato criminoso, exceto quando realizado com autorização oficial emitida pelo Portão do Edifício Norte; excluem-se dos supramencionados o Hospital Zéfiro e seus prédios auxiliares, que são subsidiários diretos do Portão.

Sanções impostas a quem infringir o Artigo 4 (A): Qualquer um que infringir o Artigo 4 (A), proposital ou involuntariamente, será penalizado como segue: Primeiro, o/a profissional será ba-

nido da prática de sua profissão; e segundo, o/a profissional será encarcerado/a por um período a ser determinado por um juiz. Depois de encerrado o período de sua punição, o/a profissional não terá permissão para voltar ao cargo ou ocupação anterior, a não ser depois de se submeter a um programa de reabilitação, cuja duração será especificamente determinada pelo Portão do Edifício Norte; e ao/à profissional será exigido passar por uma análise de desempenho periódica, no mínimo de uma vez por mês, ou com frequência maior, na medida das necessidades da situação.

Havia algumas frases escritas à mão nas margens, como se alguém que leu tivesse acrescentado alguns pontos que talvez ajudassem a compreender a lei e colocá-la em prática. "*Para explicar o artigo e suas provisões – estas medidas foram tomadas em resposta às críticas circunstâncias atuais; em regra, balas e projéteis podem ser propriedade das unidades de segurança, e assim não podem ser removidas do corpo sem autorização especial.*"

Agora sentado em sua cadeira de couro, Tarek sorriu. Ele se lembrou de sentir a tensão se esvair quando absorveu essa passagem e percebeu de que destino tinha escapado por pouco. Chegou muito perto de ser investigado e interrogado, entretanto evitara isso involuntariamente. Qualquer vergonha que tenha sentido por causa de Ychya desapareceu; claramente ele tomara as medidas corretas. Escondera seu alívio na época, dizendo lamentar profundamente e aconselhando Yehya a esperar sua vez no Hospital Zéfiro, depois se levantou de um salto e lhe entregou um antibiótico forte e algumas caixas de analgésico. Acompanhou Yehya até a porta, prometendo fazer a cirurgia se o Hospital Zéfiro ainda estivesse lotado, assim que Yehya lhe trouxesse uma permissão do Portão. Yehya deveria procurá-lo a qualquer momento, disse ele, em qualquer dia da semana, não havia necessidade de marcar hora.

Tarek mais tarde saberia que Yehya de fato tinha ido ao Portão. Isso estava registrado no Documento Nº 5, no arquivo diante dele na mesa, que declarava que Yehya chegara à fila com um amigo no início de julho e, embora a data não estivesse especificada, a hora havia sido impressa com clareza no alto da página: *9h25*.

CAI A REDE DE CELULAR

Um homem de meia-idade criou coragem e decidiu sair da fila sem dizer nada, como fizeram Yehya e Nagy. Escapuliu sem estardalhaço, mas por acidente deixou o jornal e a bolsa para trás. Já havia se afastado bastante e estava prestes a entrar em um micro-ônibus, quando um estranho atrás dele na fila percebeu e o chamou, mas não teve sorte. O estranho pegou a bolsa e correu atrás do homem, gritando, mas o micro-ônibus acelerou com o homem dentro dele, distraído dos gritos e sem consciência de ter deixado seus pertences para trás. Perdido, o estranho voltou à fila e descobriu que um grupo de pessoas tinha se reunido para assistir ao desenrolar da situação. Ele abriu a bolsa diante dessas pessoas, mas nela não havia nada que revelasse a identidade de seu dono. Uma roda de gente se formou em torno dele. Um espectador disse que a bolsa agora pertencia a quem a encontrou, mas o homem era tímido demais para concordar com essa sugestão e insistiu que não ficaria com ela.

O homem da *galabeya* intrometeu-se, garantindo a ele que não havia nada de errado em ficar com a bolsa, uma vez que ele tentou, de boa-fé, devolvê-la a seu dono. Era uma dádiva dos céus, disse ele, e o que poderia haver de errado nisso? As coisas teriam terminado ali, se não fosse por uma mulher de cabelo curto e saia preta que acabara de chegar, procurando um lugar vago mais próximo do Portão. Ela se juntou ao pequeno grupo e propôs que guardassem a bolsa por um ou dois dias, e se a essa altura o dono – que provavelmente voltaria procurando por ela – não retornasse, seria melhor entregá-la ao funcionário colocado em uma cabine próxima, ou ao guarda posicionado perto dali. Assim ninguém poderia dizer que eles fizeram algo de errado ou levaram um objeto que não pertencia a eles. A presença dela no grupo irritou o homem da *galabeya*. Ele virou a cara com um ar hipócrita, e ela o ouviu resmungar uma oração para as enxeridas serem levadas ao caminho da correção e o mesmo para os tolos e ignorantes, que não sabiam a diferença entre retidão e pecado. Algumas pessoas se colocaram ao lado dele, insatisfeitas por ela ter interferido, e um homem bem barbeado, evitando os olhos dele, perguntou se era certo ouvir a opinião de uma mulher que se coloca com tanta falta de recato em meio a um grupo de homens. Ele não esperou por uma resposta e, colocando a mão no ombro do homem com a bolsa – que estava cada vez mais aflito no meio de uma plateia em rápido crescimento –, disse-lhe para esvaziá-la, assim todos poderiam dividir seu conteúdo, evitando que qualquer um deles caísse em pecado.

Ines se viu parada à beira de uma crise que explodia a pouca distância dela. Embora a incomodasse ver a mulher ser atacada, ela continuou onde estava, tentou se manter longe da discussão. Mas, à medida que uma ofensa depois de outra era jogada para cima da mulher, que manteve posição e tentou proteger a bolsa, Ines não suportou mais e se aproximou da roda, gritando: "Ela tem razão." Sua voz saiu fraca e débil, mas com volume suficiente para que todos se virassem. O homem da *galabeya* a encarou por um longo tempo sem responder. Mesmo breves, suas palavras faziam dela uma aliada inequívoca da outra mulher. Estava claro que se formava uma oposição.

Ines sentiu o rosto se avermelhar enquanto uma onda de constrangimento passava por ela; sua interferência tinha suspendido a discussão, e rostos curiosos passaram a examiná-la como se esperassem que ela falasse mais alguma coisa. Por fim, Ehab, o jornalista que estava sempre por ali, se intrometeu. Ofereceu-se para levar a bolsa à sede do jornal onde trabalhava, fazer um inventário do que continha e publicar uma nota pequena com uma descrição. Talvez o dono reconhecesse a bolsa e era mais provável que fosse buscá-la no escritório do jornal do que na cabine perto do Portão. Algumas pessoas se opuseram à sugestão de Ehab, porém os demais concordaram com ele, e assim Ines voltou a seu lugar inteira, enquanto a mulher de cabelo curto continuou a busca por um lugar onde ficar.

A fila se acalmou enquanto o disco do sol baixava, deslizando atrás do Portão. O período de descanso tinha começado, a hora em que Hammoud sempre chegava com bebidas. Algumas pessoas fizeram suas orações da noite, enquanto outras se sentaram de pernas cruzadas no chão, esperando por chá e *yensoon*, a bebida quente de anis. Mas os meninos da cafeteria não chegaram. O tempo se arrastava. Depois de ter se passado uma hora inteira do horário em que eles costumavam vir, as pessoas começaram a se remexer e resmungar, e por fim alguém gritou ao motorista do micro-ônibus, perguntando se sabia onde estavam os meninos. O motorista disse que havia uma obra perto da cafeteria, e todos os meninos estavam ocupados servindo aos trabalhadores. Ehab tentou telefonar para Hammoud (ele queria discutir as atualizações e histórias do dia com a fila e registrar sua conversa), mas não teve sucesso. Depois tentou ligar para um colega do jornal, mas o telefone dele não tinha sinal nenhum. Ele retirou a bateria, recolocou e tentou outra vez: nenhuma sorte. Começou a andar por ali e logo descobriu que não era o único que tinha problemas.

Iniciou-se aos poucos, afetando apenas alguns, depois dezenas, em seguida centenas, e o número não parava de crescer, até que as pessoas, enfim, perceberam que era uma pane em todo o sistema. Em meio à confusão, o homem da *galabeya* foi na direção de Ines, mexendo em suas contas de oração e fingindo não seguir diretamente para ela. Ines se assustou quando ele parou a poucos passos de distância, com os olhos arregalados e fixos nela. Ele lhe fez a saudação religiosa formal completa com uma voz aguda tão incongruente com seu semblante soturno que ela por muito pouco não conteve uma gargalhada. Ela retribuiu a saudação, hesitante, baixando conscientemente os olhos, como era apropriado. Ele se ofereceu para deixar que ela usasse o celular dele, que ainda funcionava, apesar da pane, caso a família dela estivesse preocupada ou quisesse saber seu paradeiro. Ela agradeceu, surpresa, mas não havia ninguém a quem precisasse telefonar – os pais só voltariam do Golfo dali a dois meses, e a irmã, que tinha se casado, a essa hora ainda estava trabalhando na pré-escola. Ela não sabia o que a fez se abrir com ele e contar informações tão pessoais, mas ele passou a mão na barba, satisfeito, e falou que ela podia usar o telefone a hora que quisesse. Ele voltou a seu lugar na fila, mas não sem antes lançar um olhar fugaz às mãos dela; ficou satisfeito com sua pele macia e com a ausência de uma aliança.

A NOITE DE 18 DE JUNHO

O hospital onde Tarek trabalhava não ficava longe, mas Amani insistiu que Yehya não deveria caminhar até lá estando tão cansado. Eles acenaram para um táxi, cada um pensando no que a consulta ia trazer.

Yehya repassava mentalmente os acontecimentos, para não cometer um lapso ao falar com Tarek. Quando chegou ao Hospital Zéfiro na noite de 18 de junho, havia dezenas de pessoas na mesma situação que ele, talvez até centenas. Alguns tinham três ou quatro balas alojadas no corpo, e outros traziam ferimentos menos graves. Quando adiaram sua cirurgia, Yehya reclamou com as enfermeiras por dois dias inteiros, mas mudou o tom no terceiro dia, quando foi liberado um relatório médico sobre o outro paciente em seu quarto. O homem deitado ali estava em coma, com uma bala na cabeça; Yehya de fato o vira ser baleado. Mas o relatório alegava que o homem tinha sofrido uma crise epilética e de algum jeito caiu de grande altura em um objeto de metal sólido, ferindo a cabeça e, assim, desmaiando e entrando em coma. Além disso, o relatório enfatizava não haver nenhuma bala visível nas radiografias do homem. Lá pelo meio-dia, Yehya ouviu o mesmo ser relatado a respeito de outros dois pacientes que tinham acabado de sair da sala de cirurgia. Naquele mesmo dia, ele pegou um telefone emprestado com o pai do paciente com quem dividia o quarto, ligou para Amani e pediu que ela fosse visitá-lo o mais rápido possível. Em palavras curtas e claras, contou as coisas estranhas que estavam acontecendo e que ele não se sentia mais à vontade internado ali. Não sabia se iam operá-lo para remover a bala, que talvez também tivesse desaparecido inexplicavelmente.

No quarto dia depois de ser ferido, ele telefonou para Amani de novo e soube que ela não pôde entrar no hospital devido aos complexos procedimentos de segurança. Estes foram impostos para "garantir o conforto do paciente", segundo informaram a ela. Amani também lhe contou que o Portão liberara uma declaração alegando que nenhuma bala havia sido disparada no lugar e na hora em que ele fora ferido. Vários jornalistas importantes publicaram artigos de página inteira concordando que nenhuma bala tinha sido encontrada, nem nos corpos dos mortos, nem nos feridos. Testemunhas oculares citadas por eles insistiam que quem provocou os Eventos Execráveis foram apenas agitadores que de repente "perderam toda a inibição moral" e entraram em frenesi: primeiro trocaram insultos, depois jogaram pedras, por fim pegaram barras de ferro de uma antiga construção vazia pertencente ao Portão. Qualquer ferimento que eles tivessem eram apenas perfurações sofridas enquanto lutavam com as barras que arrancaram.

Ao telefone, Amani leu para ele uma declaração no jornal *A Verdade*, dada por um médico anônimo que supervisionou o tratamento dos feridos no Hospital Zéfiro. Ele afirmou que a elevada taxa de mortalidade teve como motivo a extrema sensibilidade daqueles agitadores. Depois de ouvir as palavras ásperas de um e outro, eles sucumbiam automaticamente, seu coração parava de bater antes mesmo da chegada das ambulâncias. Outros tinham dado com a cena macabra e ficaram tão traumatizados que se petrificaram, depois também tiveram um colapso, caindo um após o outro, como dominós. Alguns jornalistas foram ainda mais longe e publicaram relatos não confirmados de que as pessoas que morreram na realidade não foram mortas, mas tinham cometido suicídio quando viram o que acontecera. Até alegaram que um deles havia apunhalado vários outros com uma estaca de ferro antes de voltar o objeto para o próprio corpo, no estilo japonês do *seppuku*. Àquela altura, Yehya tomou uma decisão. Saiu de seu leito sem que ninguém percebesse e voltou sozinho ao hospital onde trabalhava Tarek. Quando chegou, teve um vislumbre do médico no saguão, mas de súbito foi dominado pelo cansaço e esqueceu-se do nome dele. Gesticulou para o médico, inquisitivo, e uma enfermeira respondeu no automático, sem nem mesmo olhar a planilha de plantões: dr. Tarek Fahmy.

No táxi, Yehya lembrou-se dos documentos que Tarek lhe mostrara no hospital naquele dia e soltou um suspiro. No início, ele não conseguiu acreditar que fossem legítimos e olhou atentamente toda a pilha de papéis. Mas, quando viu o selo do Portão no verso de cada página, percebeu que não havia nada que pudesse fazer. Saiu do hospital e passou a primeira noite deitado de lado na rua. Sentia-se perdido: não podia pedir a ajuda de nenhum amigo ou conhecido. Não estava com seu telefone, nem mesmo conseguia andar, e nenhum carro que passava lhe daria uma carona porque seu ferimento parecia tão suspeito que prestar auxílio colocaria as pessoas em perigo. No dia seguinte, ele pediu a um estranho solidário que o deixasse usar seu telefone e conseguiu falar com Nagy, que o levou para casa. Nagy ficou com ele durante dias, Yehya não sabia quantos exatamente, até o sangramento parar e o ferimento se fechar, prendendo a bala em sua pelve. Depois, Nagy foi com ele ao Portão pela primeira vez na vida dos dois.

O carro parou em uma rua tranquila, e Yehya afugentou suas lembranças. Pagou ao motorista e saiu do táxi. Yehya entrou pela porta do hospital com Amani a seu lado exatamente às seis da tarde, quando começava o plantão de Tarek. Viram que Nagy chegara antes, como eles esperavam, e assumira uma excelente posição de reconhecimento que permitia ver todos que entravam e saíam do saguão. Sabah apareceu, apreensiva, quando os viu. Ela estava junto da mesa de informações, numa conversa animada com uma colega e, enquanto eles entravam, parou de falar no meio de uma frase, revelando saber exatamente quem ele era. Ele se lembrava muito bem dela também, das duas visitas anteriores ao hospital: o rosto redondo, vincado de preocupação. Ela tentou agir normalmente, cumprimentando-o com sua frase costumeira para todos os visitantes, e fez a ele algumas perguntas padrão, como se fosse um dos muitos pacientes novos que ela via todo dia. Mas a expressão dela traía seu desconforto, e suas palavras saíram trêmulas e atabalhoadas, a voz oscilava.

– Vou procurar por ele – disse ela, enquanto corria para a sala de Tarek. – Mas é claro que o dr. Tarek pode ter saído, ele nunca trabalha à noite.

SABAH

Sabah vira Yehya pela primeira vez na noite dos Eventos Execráveis, enquanto ele era carregado para a emergência. Ela o levou para dentro, pôs uma intravenosa nas costas de sua mão para administrar sangue e fluidos, depois saiu para ajudar outros pacientes, enquanto Tarek tratava dos ferimentos e observava seu estado geral de saúde. Naquela mesma madrugada, exatamente às 3h30, depois que todos os pacientes foram transferidos, Sabah recebeu um telefonema pessoal de um importante médico do Hospital Zéfiro, um homem influente. Ele lhe disse para não fazer perguntas, que fosse ao Departamento de Arquivo e retirasse o prontuário de Yehya Gad el--Rab Saeed, lesse para ele, e em seguida alterasse parte do linguajar para combinar com o que ele tinha observado pessoalmente no paciente. Todos os médicos e enfermeiras estavam dominados pela fadiga e pelo horror do que viram naquele dia. Todos foram se deitar na primeira oportunidade que tiveram, e aqueles que não estavam no turno da noite foram dormir em casa, enquanto todos esperavam que os acontecimentos continuassem no dia seguinte.

Sabah não teve muita escolha; a discussão foi encerrada em segundos. Ela era apenas uma enfermeira assistente naquele hospital, jovem e insignificante, enquanto o homem do outro lado da linha era extremamente superior, em idade e posição. Superior o bastante, talvez, para demiti-la deste emprego e de qualquer outro que ela pudesse encontrar, superior o bastante para fechar todo o hospital.

Depois que as coisas se acalmaram um pouco, quando os notívagos começaram a sossegar, e as medidas de segurança foram afrouxadas, Sabah conseguiu sair furtivamente e cumprir as ordens que havia recebido, de forma plena e com precisão. Da segunda vez que viu Yehya, foi uma coincidência infeliz. Ele a encontrou por acaso no saguão, semiconsciente e desorientado, perguntando por Tarek, mas não pelo nome. Yehya não passou muito tempo com ele e foi embora logo depois. Sabah havia se esquecido completamente dele, mas agora aqui estava, aparecendo diante dela pela terceira vez como um fantasma.

Nagy deixou o jornal de lado e se juntou aos amigos. Amani sentou-se do outro lado do corredor dos consultórios médicos, onde Yehya se recostou na parede, tentando combater a dor ao permanecer imóvel o máximo possível. Ele se acostumara a ficar de pé na fila durante horas sem-fim e agora podia ficar assim por um dia inteiro sem que os pés cansassem ou isto o incomodasse.

Quando chegou, Tarek ficou tão afobado quanto Sabah; correu para eles, depois parou à frente dos três, claramente nervoso. Só estendeu a mão para um cumprimento quando Amani tomou essa iniciativa.

– Meu nome é Amani, sou colega de trabalho de Yehya – disse ela, estendendo a mão. – Eu o trouxe aqui quando ele se feriu.

Tarek lhe abriu um sorriso rápido, que não era acolhedor, e os levou a sua sala. Nagy gesticulou que ficaria onde estava. Tarek pediu a Sabah que trouxesse um chá para eles, depois fechou firmemente a porta.

– Olá, Yehya. Como está se sentindo?

– Estou bem, doutor, o ferimento está se curando, mas ainda dói. Parece que a bala se mexe aqui dentro.

– Eles ainda não fizeram a cirurgia? Então você devia estar aqui com a autorização do Portão, para marcarmos uma hora adequada, não?

– Bom, na verdade, terminei parte do procedimento... Entrei com uma requisição na Cabine com toda a papelada necessária e agora só estou esperando para receber a permissão.

Embora estivesse irritada com o tom formal e insensível da conversa, Amani se juntou a ela com um sorriso doce e agradável e uma voz em que ela tentou imprimir a entonação mais simpática possível.

– Dr. Tarek, acha que podemos começar os preparativos para a cirurgia enquanto esperamos pela permissão? Está tudo em ordem, agora só precisamos aguardar o andamento.

– Serei completamente franco com vocês – disse Tarek. – Eu fiz tudo que pude, Yehya sabe disso, mas não podemos tomar nenhuma medida que tenha alguma ligação com a cirurgia sem a devida autorização.

O sorriso de Amani ficou tenso, e ela se curvou para a frente na cadeira, como se uma aproximação maior de Tarek pudesse convencê-lo.

– Mas, pelo que disseram os médicos do Hospital Zéfiro e pelo que o senhor próprio disse a Yehya aqui mesmo, ele corre um perigo real. Quanto mais tempo esperar, maior é a possibilidade de a bala rasgar seus intestinos, e aí o senhor não vai conseguir estancar a hemorragia, nem fazer nada a respeito disso... Não foi o que o senhor disse?

– Infelizmente, a questão está fora do meu alcance... Se eu pudesse, teria feito a cirurgia. Para começar, nem teria adiado. As novas leis declaram que é preciso ter autorização e é impossível agir contra as instruções oficiais que recebemos do Portão. Vocês dois sabem como é.

O sorriso de Amani evaporou. Ela elevou a voz, lembrando a ele que era um médico, que sua prioridade máxima era ajudar os doentes, e ele rebateu que a ajuda aos doentes estava sujeita à lei também; não era um cada um por si. Yehya interferiu, antes que as coisas evoluíssem para uma disputa de gritos, e gesticulou para Amani se acalmar, voltando-se para Tarek.

– Não tem problema nenhum, dr. Tarek. Com sorte, estarei de volta com a autorização em alguns dias. Se eu pudesse só lhe pedir a radiografia que o senhor tirou... Quando o Portão for aberto, provavelmente vou precisar dela como prova de meu problema.

Momentos antes, Tarek teria sido capaz de se defender com uma explicação lógica que eles não poderiam questionar, mas agora tinha a voz presa na garganta. Ali estava: enfim eles chegaram ao que o mantinha acordado por noites incontáveis, mas ainda assim ele não havia pensado no que ia dizer. Ficou parado ali, apoiado na mesa, preso, sem ter como avançar nem recuar. Um pensamento súbito lampejou por sua mente; ele podia dizer que não foi feita nenhuma radiografia no hospital naquele dia, mas se deu conta de que ele próprio tinha contado a Yehya tudo que viu nos raios X. É verdade que as anotações que ele fizera haviam desaparecido, e o técnico de raios X não tinha mais nenhuma prova, porque os negativos foram apreendidos. E é verdade que nenhum especialista teria tido tempo para redigir um relatório independente devido ao caos e à multidão que engolfou o hospital naquela noite... Mas o próprio Tarek sabia o que tinha sido feito, o que já estivera ali, no prontuário de Yehya, e que Yehya tinha o direito de ver.

Ele não podia mentir com tanto descaramento, mesmo que quisesse. Não podia negar o que tinha acontecido e sustentar a negação. Podia ser fraco e covarde, mas não era mentiroso. A vida toda, Tarek teve dificuldades para lidar com problemas assim, embora visse os colegas fazendo isso o tempo todo, inventando uma mentira aqui e outra ali, tecendo desculpas inteiramente fabricadas. Eles muitas vezes se ofereciam para ajudá-lo a fazer o mesmo, para sair de uma enrascada ou fugir de responsabilidades, mas ele nunca conseguiu.

Tarek decidiu lhes contar a verdade e o que aconteceu, aconteceu, mas duas batidas na porta interromperam seu raciocínio tumultuado. Sabah entrou na sala trazendo chá e, antes de ela sair, de súbito, ele se viu dizendo-lhe para pegar a radiografia de Yehya com a enfermeira-chefe. Não era um pedido inocente; a enfermeira-chefe tinha saído para longas férias, e sua ausência lhe dava uma oportunidade plausível para adiar toda a situação. Daria a ele um pouco mais de tempo para pensar bem nas coisas, quando não sofresse tanta pressão, e bolar um plano. Amani o deixava nervoso, e os dois provavelmente voltariam. Tarek sabia como os raios X eram importante para Yehya e não queria encerrar a questão tanto quanto queria encontrar uma solução na qual ninguém saísse prejudicado. O que exatamente ele devia divulgar agora e o que devia esconder, sem ser obrigado a recorrer a uma mentira descarada?

Tudo ocorreu com relativa tranquilidade. Sabah voltou e, lançando um olhar a Tarek, disse que a enfermeira-chefe não estava, que tinha saído para resolver algumas coisas. Amani ficou tensa com a desculpa banal e torceu os lábios, enquanto Yehya manteve a compostura, sua expressão calma maculada de certa frustração. Tarek (que, por sua vez, tinha se esforçado para fazer uma atuação crível) aparentou a mesma surpresa deles. Soltou um suspiro apologético e compôs uma expressão que ele torcia para transmitir decepção. Não sabia se os havia convencido, mas depois de um momento se lamentou verdadeiramente por Yehya.

Talvez fosse o ar de desalento que caiu sobre eles, ou a tensão que ameaçava inflamar uma discussão entre ele e Amani mais uma vez. Fosse o que fosse, não importava; o dilema em que ele se encontrava o obrigou a continuar pensando até descobrir a saída perfeita. Ele se lembrava que, quando os pacientes eram transferidos para outros hospitais para tratamento posterior, cópias de suas radiografias e exames médicos eram automaticamente enviadas com eles. Se os raios X de Yehya foram mandados para um dos hospitais militares ou do governo, certamente seria difícil consegui-los ali, mas valia a pena tentar. Ele estalou os nós dos dedos e declarou que não havia necessidade de esperar pela enfermeira-chefe, era melhor que eles agissem agora. Na pior das hipóteses, podiam procurar uma cópia da radiografia no Departamento de Arquivos Médicos Pessoais no Hospital Zéfiro, que ele ouvira falar que ficava no porão.

Yehya se livrou da apatia que havia se instalado nele, e o interesse faiscou por seu rosto. Olhou fixamente para Tarek por um momento.

– O porão? – perguntou ele.

Já ouvira falar nisso. Yehya recostou a cabeça e fechou os olhos. Lembranças de sua primeira ida ao Portão com Nagy passavam por sua mente, a tarefa que eles não conseguiram realizar porque na época nenhum dos dois sabia como as coisas eram feitas. Disseram a ele que para entrar com uma requisição de permissão, primeiro ele precisava ir à Cabine, uma pequena estrutura na lateral do Edifício Norte. Ali ele teria de entregar sua papelada e declarar o propósito da requisição. O funcionário verificaria se seus documentos estavam em ordem, daria entrada na requisição e entregaria a ele um recibo carimbado como confirmação. Só as pessoas que tinham passado pela Cabine para se registrar e informar seus propósitos ao Portão tinham o direito de esperar na fila. A Cabine em si era capaz de processar alguma papelada preliminar, como requisições de Certificado de Cidadania Legítima, mas as decisões sobre as permissões só podiam vir do Portão e apenas quando ele se abrisse.

Yehya tinha deixado Nagy e fora para lá, seguindo as instruções que recebera até chegar ao prédio, que era imensamente alto e parecia desocupado. Ao pé do Edifício Norte havia um pequeno galpão parecido com um caixote, mal tinha espaço para o funcionário em seu interior. Ele estava sentado junto a um balcão atrás de uma janela pequena e elevada, com grades de ferro. Na frente havia uma plaquinha solitária com os dizeres A CABINE, escrita de forma bem nítida, e no canto direito dela a assinatura peculiar do calígrafo local: *Abbas*.

Para alcançar a janela, Yehya precisou ficar na ponta dos pés, o que era difícil, e ele sentiu algo se rasgar na lateral do corpo, porque o ferimento ainda estava sensível. Passou a papelada pela grade de ferro e perguntou ao funcionário se ele precisaria ficar com os documentos até a abertura do Portão. A cara do funcionário ficou azeda antes mesmo que Yehya tivesse terminado sua frase. Ele pegou os documentos com violência e leu-os com interesse, depois examinou atentamente o rosto de Yehya, sem responder nada. Yehya repetiu a pergunta. Um velho que estava parado ali dando entrada em um formulário longo e complexo aparentemente ficou com pena dele e, com um olhar cauteloso aos arredores, cochichou no ouvido de Yehya que a Cabine estava ligada ao Portão por um longo túnel que levava ao porão. Independentemente de quando o Portão fosse aberto, os documentos dele logo iriam para as entranhas do edifício, seriam acrescentados a seu arquivo e submetidos a um exame meticuloso.

Na sala de Tarek, Yehya se levantou para ir embora. Amani apressou-se a ajudá-lo, enquanto Tarek ficou onde estava, olhando os dois com curiosidade, como se reconsiderasse a avaliação médica que fez do caso. As xícaras de chá ficaram intocadas, mas eles agradeceram pelo tempo, e Amani lhe pediu que os informasse assim que a enfermeira-chefe voltasse, acrescentando que ligaria para ele se houvesse alguma mudança.

Eles encontraram Nagy esticado em uma cadeira, de olhos fechados, e Amani sacudiu delicadamente seu ombro. Seus olhos se abriram de súbito, então ele os fechou e levantou-se vagarosamente. Minutos depois, chegaram a um ponto deserto de micro-ônibus. Nagy rompeu o silêncio, sugerindo que Yehya passasse a noite na casa dele e descansasse depois de um dia tão exaustivo. Yehya concordou rapidamente, deixou-se levar, na esperança de uma noite tranquila para considerar as possibilidades que tinha pela frente. Amani, porém, mal os escutava; sua mente estava fixa em uma só coisa. De repente, ela anunciou que iria ao Hospital Zéfiro, entraria com um pedido pela radiografia. Yehya protestou de imediato, opondo-se à ideia de ela ir sozinha àquele lugar; ficava angustiado só de pensar naquilo. Sua própria experiência lá não foi nada encorajadora, e Amani sabia o que acontecera com ele naquele hospital, mas Nagy deu apoio a ela. Disse a Yehya que parasse para pensar, que deixasse os sentimentos de lado e ouvisse a voz da razão. Era muito menos provável que Amani despertasse suspeitas, e por um motivo evidente a todos eles: Yehya estava claramente ferido e era impossível esconder este fato.

Yehya voltou diretamente à fila na manhã seguinte, descobrindo alguém em seu lugar. O recém-chegado aportou ali e insistiu que Ines o deixasse ficar atrás dela, em vista de suas circunstâncias, porque ele estava com pressa para terminar o que veio fazer e voltar a sua cidade natal. Ele havia pedido a ela com uma profunda reverência e convicção, com os olhos voltados para o céu: se não estava destinado àquele lugar, por que Deus o teria compelido a andar desde o fim da fila até ela? Ines não ficara particularmente incomodada com a presença de Yehya atrás dela nos últimos dias, mas também não estava particularmente agradecida por ela. Não tinha nenhum interesse ostensivo por ele. Era reservado, não se juntava em nada a ninguém – além do amigo –, não conversava amistosamente, nem se metia em brigas. Ele só falara com ela uma vez e nem se dera ao trabalho de lhe dizer que estava saindo ou quando voltaria. Ela hesitou por um momento, em luta com sua consciência – não considerava certo entregar um lugar na fila com tanta facilidade –, mas depois de outro instante gesticulou para o lugar e deu de ombros com desinteresse. Com o consentimento dela, Shalaby tomou o lugar de Yehya, tendo o cuidado de gravar sua pegada no chão, depois ficou ali, deliciado com a própria engenhosidade. Lançou um olhar altivo ao horizonte, que transbordava de gente atrás dele. A fila aumentava a cada dia, e o espaço que tomava era cada vez mais largo. Ele notou que apenas algumas pessoas saíam e não voltavam, mas novas ondas chegavam diariamente, estendendo ainda mais a fila. Tinha ouvido boatos, que mais tarde se revelaram mentirosos, de que a fila atravessava o estado vizinho.

    Yehya não culpou Ines; afinal, tinha sido ideia de Shalaby, e ela só cedera com relutância. Também não viu sentido nenhum em falar com Shalaby, porque ele estava postado ali com muita bravata, obstruindo o lugar como um pilar de concreto. A sorte nunca esteve do lado de Yehya, desde o começo, e ele se afastou, cabisbaixo. Lentamente se espremeu em um micro-ônibus da Linha de Cima, um tipo que ele nunca havia tomado. Nagy lhe contara que a Linha de Cima era apenas uma entre várias linhas criadas recentemente, porque um dia, sem qualquer discussão, todos começaram a dirigir nas calçadas, abandonando as ruas para as pessoas na fila. Três horas depois, ele chegou ao final da fila e assumiu um novo lugar em sua extremidade. Colocado ali, lançou um longo olhar ao Portão. De longe, parecia uma muralha sólida, e ele se perguntou, desesperado, se um dia seria aberto.

O PORTÃO DAS ENFERMIDADES

Amani atendeu ao telefone; a rede tinha voltado. Sua voz ficou presa na garganta, trêmula e sufocada, e no início Nagy pensou que ela estivesse doente. Ele percebeu que ela estava a caminho do antigo Distrito 3 para dar seus pêsames a Um Mabrouk, cuja filha mais velha tinha morrido. Um dia o coração dela desistiu, depois de ter esperado anos para substituir as válvulas malformadas. Ele notou que não era uma boa hora e rapidamente encerrou a conversa, pedindo que ela telefonasse quando o enterro estivesse encerrado.

Amani chorou ainda mais ao se aproximar do apartamento de Um Mabrouk, imaginando Yehya morrendo. Imaginou seu cortejo fúnebre, os enlutados partindo da fila para se juntar a ele, depois o enterrando em uma cova coletiva para vítimas dos Eventos Execráveis, tudo sem que a bala tivesse sido retirada.

Ela chegou ao pátio com os olhos vermelhos inchados, o rosto abatido e pálido. Um Mabrouk estava sentada junto da porta de entrada, descalça, usando um lenço preto amarrado na cabeça. Os vizinhos sentavam-se em volta dela, choravam e a reconfortavam, preparavam café e chá e trocavam recordações sobre a menina. Um Mabrouk levantou-se quando viu Amani chegar, apoiou-se nas mulheres e correu para ela. O abraço das duas durou um bom tempo enquanto Um Mabrouk chorava, pedindo aos que a cercavam que concordassem com as dificuldades que ela suportou, depois começou a consolar Amani, que chorava ainda mais intensamente, de súbito sobrepujada pelas cenas apavorantes de sua imaginação e pela sensação de estar inteiramente só. Um Mabrouk agradeceu a ela pelo trabalho de ter aparecido, porque ela pensava que Amani estaria cansada demais, em vista da situação.

– Não se preocupe, Amani, não se aborreça desse jeito. Ela amava você de verdade... Mas está tudo nas mãos de Deus. No fim, a morte vem para todos nós.

Amani ficou até que os enlutados se dispersassem e todos os vizinhos fossem para casa. Caiu pesadamente em seu lugar e não criava coragem para ir embora. Por fim, Um Mabrouk subiu a escada para a cama, junto com o marido, que aparecera de última hora, e sugeriu deixar Amani passar a noite ali, se quisesse. Foi só então que Amani conseguiu dizer algumas palavras de condolências e se despediu.

Um Mabrouk precisava usar a morte da filha mais velha como alavanca para salvar a mais nova, e assim reuniu o atestado de óbito e todos os relatórios esfarrapados que tinha guardado desde que a filha era criança e fez a ronda por seus conhecidos, pedindo pelo valor de que precisava para conseguir ajuda. Ela só partia depois de lhes contar a infelicidade que caíra sobre ela e a segunda tragédia que tinha pela frente, e pediu a ajuda de todos os vizinhos, até do porteiro de Amani. Porém, apesar de seus esforços, não conseguiu recolher dinheiro suficiente para a operação. Ela bateu na porta do diretor do hospital mais de uma vez e, quando não conseguiu encontrá-lo ali, esperou ao lado de seu carro oficial. Curvou-se e beijou sua mão assim que ele apareceu, suplicando que dispensasse apenas metade dos honorários, mas ele se livrou dela com desprezo e a orientou ao Portão das Enfermidades, que presidia casos semelhantes.

O Portão das Enfermidades tinha sido construído muito tempo atrás, e Um Mabrouk não ia ao local desde que era só uma criança que tendia a adoecer. Um médico avisara à mãe dela para não ignorar as amídalas cronicamente inflamadas de Um Mabrouk, e ela a levou ao hospital público para removê-las. O médico de lá lhe disse para ir ao Portão das Enfermidades, um novo ministério que agora tinha jurisdição sobre o hospital. Lá, ele garantiu, ela poderia se inscrever para tratamento gratuito. O Portão das Enfermidades estava limpo e arrumado quando elas chegaram – ainda não havia muita gente ali dentro –, e ela registrou seu nome. Mas sua vez nunca chegou. No fim, ela teve de ir a um médico particular; ele deu um desconto nos honorários, e a mãe pegou emprestado o que restava. Ele removeu suas amídalas, o problema acabou, e desde então ela não voltara ao Portão das Enfermidades.

O Portão das Enfermidades foi fundado décadas antes do Portão do Edifício Norte, e as jurisdições dos dois não coincidiam muito. O Portão das Enfermidades agia como elo entre os cidadãos que tinham queixas de sua assistência médica e os médicos e autoridades responsáveis por eles; entregava petições e recolhia respostas, mas nunca processava verdadeiramente ninguém por alguma transgressão. Demorava um ano, dois ou até mais para que o Portão das Enfermidades desse início à papelada necessária para tomar medidas, e havia documentos se desfazendo em suas antigas câmaras, aguardando por décadas pela conclusão. Alguns eram acompanhados por descendentes dos requerentes, enquanto outros eram guardados em confiança, jamais seriam descartados, mesmo que ninguém mais perguntasse a respeito deles.

Um Mabrouk não perdeu tempo: confirmou que o Portão das Enfermidades ainda ficava onde ela se lembrava, em seguida foi para lá, obedecendo às instruções do diretor do hospital. Dentro de um escritório no andar térreo, um funcionário deu uma olhada rápida em seus documentos e franziu os lábios. Ela só receberia uma Permissão de Tratamento para a segunda filha se corrigisse o formulário de requisição, disse ele, e também o atestado de óbito de sua primeira filha. Um Mabrouk suplicou a ele, abrindo a carteira para mostrar que mal tinha o bastante para sobreviver; algumas miseráveis libras, este era todo o dinheiro que possuía no mundo. Em seguida, fez uma oração para afastar todo e qualquer mal da família e dos filhos, cuidando então de revelar a nota de 50 libras que tinha trazido na esperança de satisfazê-lo. Mas ele torceu os lábios de novo e disse-lhe que a causa da morte escrita no atestado de óbito da filha era *inadequada*. A menina morreu porque sua hora havia chegado, disse ele; ela não podia esperar que os médicos alterassem o destino. Mesmo que a medicina fizesse milagres, os médicos não podiam ter estendido a vida de sua filha, nem por um momento. "Você *acredita* em Deus, não é mesmo, *ya Hagga*?", perguntou ele. Ela não disse nada, e ele continuou, dizendo-lhe que não havia necessidade de sair por aí culpando os outros por seus próprios males. Por fim, ela pediu conselhos a ele. A expressão do homem se abrandou. Ele a convidou a ficar à vontade na cadeira de madeira quebrada diante de sua mesa, depois se curvou para mais perto. Cochichou em seu ouvido que, para obter uma Permissão de Tratamento, ela precisava preencher uma nova requisição, elogiando os cuidados que a querida filha falecida tinha recebido antes de chegar sua hora. Em seguida, deveria ir ao Portão do Edifício Norte e alterar a causa da morte para algo mais *apropriado*. Finalmente, precisava retirar a queixa que tinha dado sobre a morte da filha mais velha e os documentos que anexou para provar a deterioração do estado da filha ainda viva. E, uma vez que ela não tinha dinheiro para pagar por isso, precisava retirar a filha da lista de espera para a cirurgia.

Ele deu a ela um formulário de requisição que já estava preenchido, e ela assinou no final da página, devolvendo a ele para guardar no arquivo. Ele lhe disse para não se preocupar em dar as digitais – ela foi muito cooperativa –, depois lhe deu mais papelada para o Portão. Garantiu a ela que agora a obtenção de um novo atestado de óbito era um processo tranquilo e disse que o Portão lhe daria uma nova cópia no mesmo dia, porque não haveria necessidade de cotejar. Fingindo estar confusa e com pressa, ela deixou a nota de 50 libras cair na pasta na mesa dele e se virou para sair, e não ouviu uma palavra dele enquanto passava pela porta.

Yehya recebeu uma série interminável de notícias em sua nova posição na fila, que não era mais a última, como quando ele chegara lá, porque desde então dezenas de outras pessoas se colocaram atrás dele. Ehab trouxe notícias de uma pesquisa de opinião realizada pelo Centro para a Liberdade e Retidão, naturalmente sob a supervisão do Portão. Eles despacharam multidões de delegados para bater na porta das pessoas durante o horário das orações do amanhecer, pedindo sua opinião sobre os recentes acontecimentos e como o país era governado. Os resultados finalmente foram liberados e eram idênticos aos da pesquisa anterior. Os cidadãos apoiavam por unanimidade o governo, as leis e as decisões judiciais – apoiavam zelosamente e de todo coração os decretos justos emitidos recentemente. Quem realizou a pesquisa, assim, decidiu não conduzir outra. Para simplificar a questão, anunciariam os resultados da pesquisa anterior em uma data marcada anualmente.

Também chegou um folheto da Companhia de Telecomunicações Violeta anunciando uma ótima promoção para todos os cidadãos: milhares de linhas telefônicas gratuitas e crédito infinito por um ano inteiro. O folheto dizia que a empresa promoveria uma loteria de duas em duas semanas para selecionar dez ganhadores e também lhes mandaria novos aparelhos, equipados com os mais recentes serviços e ferramentas, sem restrições, nem termos e condições. Essa notícia foi recebida com particular prazer por todos que esperavam na fila, e eles a consideraram um pedido de desculpas adequado para o estranho fato de a rede ter caído recentemente. Também se espalharam boatos – que não puderam ser confirmados – de que os micro-ônibus da Linha de Cima e da Linha Normal estariam proibidos de transportar passageiros por alguns dias e que as estações seriam fechadas para economizar combustível.

Algumas pessoas informadas especularam que isso significava haver a necessidade de mais óleo diesel para limpar a praça e as ruas que a cercavam, e para remover as manchas e vestígios deixados pelos Eventos Execráveis. Outros disseram que parte do combustível seria despejada nos canos de esgoto, seguindo um plano nacional abrangente que pretendia erradicar os insetos espalhados em enxames por todo o país. Estes pareciam procriar principalmente perto da fila, devido à lotação e às condições insalubres. A maior parte das pessoas zombava do último boato, entretanto houve um declínio inegável no número de micro-ônibus, o que levou alguns a acreditarem na história. Ainda assim, o serviço de micro-ônibus nunca havia sido inteiramente suspenso.

Não faltaram relatos de quando o Portão seria aberto, e esta era a maior fonte de caos e discórdia. As pessoas no fim da fila trocavam histórias de que o Portão já se abrira, enquanto aqueles empacados no meio diziam que tinham no máximo uma semana pela frente. Outros boatos persistentes, cuja proveniência ninguém conhecia, diziam que as pessoas paradas na frente ouviram vozes saídas de trás do Portão: conversas inteiras, o farfalhar de papéis, o bater de copos e colheres. Mas, quando esses boatos enfim chegaram a quem estava na frente, essas pessoas disseram que só viram sombras, chegando e partindo, mas que o Portão não se abriu e ninguém jamais apareceu.

Um Mabrouk chegou à fila com um grande saco de pano contendo um lençol puído, um pequeno tapete plástico, um pão folha envolvendo um ovo ainda na casca e a pilha de papéis que o funcionário da Cabine lhe dera sem lhe dizer o que fazer com eles. Começava a armar acampamento quando de súbito foi tomada pela sensação de que ficaria muito tempo ali, embora não soubesse quanto. Nesse meio-tempo, Nagy corria para encontrar Yehya em seu novo lugar na fila. Nagy tinha acabado de entregar uma requisição ao Escritório de Tradução, depois de ver o mesmo anúncio de trabalho publicado em um quadro pequeno no *A Verdade* por várias semanas seguidas. O anúncio não pedia nenhum conhecimento específico; só apelava pela candidatura de todos os formados na área de humanas, quaisquer que fossem suas habilidades de linguagem.

Mas um soldado parou o micro-ônibus da Linha Superior que Nagy tomou para o Portão e obrigou o motorista a virar na rua seguinte. A área agora era proibida, e Nagy desceu do ônibus e foi obrigado a percorrer o resto do caminho a pé. Quando ele chegou, Ehab lhe disse que a rua para a fila e até todas as calçadas estavam fechadas para os carros nos dois sentidos e que o Portão tinha promulgado um decreto a esse respeito, transmitido recentemente em uma de suas mensagens frequentes e perturbadoras. Em uma voz baixa que os outros não podiam ouvir, Ehab acrescentou que a decisão logo também seria aplicada aos pedestres – você só teria permissão de andar para o Portão, e não para longe dele. E assim que o Portão começasse a receber as pessoas, você só poderia sair pelo outro lado, que não era visível de onde eles estavam agora, nem de nenhum lugar na fila. Assim, nenhum cidadão que completasse sua papelada poderia desobedecer às instruções, dar a volta com seus documentos e andar no sentido contrário.

Durante as semanas que se seguiram, aos poucos Um Mabrouk avançou pela fila, fornecendo toda sorte de serviços fundamentais. Ela limpava os pertences das pessoas, brincava com seus filhos, fazia as compras de mantimentos e às vezes até lavava a roupa. Por fim, ela se acomodou perto de Ines em um lugar que era de seu agrado e não teve problemas para se misturar com todos os outros. Voltou a suas atividades normais, mas logo ficou mais interessada nos boatos e fragmentos de notícias que espalhavam e ela ouvia de vez em quando. Um dia, declarou que a infestação de insetos discutida pelas pessoas era apenas uma *"balela"* e não tinha nenhuma relação com a limpeza do lugar. Ines perguntou o que ela queria dizer com isso, e Um Mabrouk explicou que os insetos eram resultado do mau--olhado: outras pessoas fora da fila claramente tinham má vontade para com todos que se reuniam na frente do Portão. Continuava chegando gente à fila e o número ainda aumentava, de tal modo que logo eles bloqueariam o sol. Mas, apesar de sua lotação, as pessoas na fila levavam sua vida e resolviam seus próprios problemas sem a ajuda de ninguém. Era exatamente isto que dava medo e inveja aos que estavam fora da fila e foi o que colocou em ação seus esquemas. Eles não queriam que as pessoas na fila fossem um coletivo unido, ou "uma só mão". Um Mabrouk acrescentou que essas coisas costumavam acontecer no beco onde morava; gente de toda parte precisava afastar a inveja e o mau-olhado. Ines não disse nada, mas Shalaby – cuja arrogância não havia diminuído desde sua chegada – concordou com ela, convicto.

SHALABY

Não levou muito tempo para Shalaby entrar de mansinho na conversa das duas, no início aos poucos, com alguns comentários bem colocados. Em seguida, como não houve protestos nem de Um Mabrouk, nem de Ines, ele pegou o fio da discussão e se recusou a largar. Parecia ter esperado por uma oportunidade de entrar nos grupos fechados que se formaram entre os veteranos da fila. Era difícil penetrar neles, e assim os recém-chegados criavam seus próprios círculos de camaradagem. Shalaby não conseguira se juntar a nenhum desses também, mas não por falta de esforço.

Com Um Mabrouk e Ines ele encontrou um novo começo, um jeito de anunciar sua presença e soltar a língua, que quase ficara presa no céu da boca depois do longo tempo que passara sem falar. Sua mãe costumava queimar incenso para afastar mau-olhado, começou Shalaby, embora ele próprio preferisse ler os sortilégios que tinha decorado aos cinco anos, quando o pai se sentava com ele e o primo Mahfouz para ensinar tudo que eles precisavam saber sobre a vida. Ele antecipou ansiosamente quaisquer perguntas: não, pessoalmente ele não tinha necessidade do Portão; era Mahfouz, que Deus o tenha, o motivo para ele ter ido de seu vilarejo até ali, embora tivesse jurado a si mesmo que nunca mais partiria. Terminara o serviço militar obrigatório alguns meses antes e tinha ido para o vilarejo a fim de se acomodar e criar uma família na casa do pai, e começar a lidar com as questões de terras que tinham se multiplicado em sua ausência.

Ele e Mahfouz eram mais ou menos da mesma idade; foram criados juntos, adoeceram de sarampo juntos e saíram da escola fundamental juntos para trabalhar nos campos. Isto foi até que todas as terras cultiváveis em volta de seu vilarejo fossem cercadas, e o proprietário começasse a se desentender com as famílias pelos poucos hectares que tinham arrendado e que eram seu ganha-pão. Assim, ele e Mahfouz começaram a trabalhar na Padaria Fino, depois trabalharam como encanadores, instalando tubulação de esgoto, e por fim foram recrutados quando atingiram a idade militar. Shalaby foi selecionado para ser guarda na Força Auxiliar, designado a proteger a esposa e os filhos de um comandante do Setor Médio, e assim foi aliviado de deveres mais difíceis, enquanto Mahfouz foi escolhido para a Força de Repressão. Era dever juramentado de Mahfouz proteger e defender o país dos infiéis e ímpios, de rebeldes inescrupulosos e outros imundos que gostavam da destruição e tinham um apetite insaciável pelo dinheiro sujo.

Mahfouz não perdia tempo quando recebia uma ordem, e o comandante o posicionou na guarda avançada, graças a sua constituição física enorme. Em cada embate, em cada batalha, ele se colocava ali, uma fortaleza impenetrável, e nem por uma vez alguém conseguiu passar pela muralha que era o corpo sólido de Mahfouz. Tinha umas histórias contadas pelos companheiros da guarda, mas eles também disseram que Mahfouz era zeloso e gentil; ele nunca brigava nem reclamava, cantava as orações ao comandante dia e noite, e sua resposta às ordens era "*Sinsenhor*". Limpava os veículos do exército, preparava refeições na cantina e consertava a eletricidade: sabia por que era cortada e como consertar, graças aos primeiros anos no vilarejo. Ele avançava quando recebia a ordem, atacava assim que ouvia o sinal e nunca dera atenção a boatos. Era um integrante modelo das forças de segurança, inteiramente confiável.

Shalaby continuou se gabando do primo, louvando seus méritos e contando histórias de seu heroísmo, sem saber da inquietação crescente de Ines e da expressão de Um Mabrouk, que oscilava entre a admiração invejosa e a incredulidade cautelosa. Por fim, os olhos de Shalaby se encheram de tristeza quando ele os voltou para o chão e falou: Mas Mahfouz morreu. Seu cassetete desceu na cabeça de um agitador imundo, mas a escória teimosa ainda tentava se levantar, e assim Mahfouz atirou nele. Seu sangue esguichou e manchou a praça, e a alma do homem deixou o corpo bem ali. Os amigos do homem perseguiram Mahfouz por um tempão, e nenhum de seus companheiros da guarda pôde ajudá-lo, porque a batalha tinha ficado muito caótica. Ele foi cercado na ponte, eles eram muitos, e Mahfouz estava completamente só, e assim ele pulou na água, com medo de que o pegassem, e se afogou.

O nome de Mahfouz não apareceu na lista dos Guardas Virtuosos liberada pelo Portão; mas deve ter sido omitido por acidente, porque os superiores dele e o comandante certamente o reconheceram como herói. Shalaby anunciou com orgulho que tinha vindo solicitar reconhecimento honroso para Mahfouz e uma Permissão de Pensão Especial para a família enlutada, que devia ser corretamente recompensada, por exemplo, com um contrato concedendo-lhes as terras de que o proprietário os ameaçava expulsar. Shalaby ficou em silêncio por um momento, depois declarou que o primo merecia ser chamado de herói de guerra – não, um mártir! –, como também merecia o homem que ele matara.

Entretanto, em meio a suas histórias, Shalaby não contou – por respeito ao morto, por reserva própria e pela imagem idílica pintada por ele com tanta altivez – que Mahfouz cometera um ou dois erros. Da última vez foi quando o mundo virou de cabeça para baixo e ele teve a tarefa de proteger um hospital. Mahfouz disse que ele tinha feito um acordo com uma paciente que sofria do fígado para passar a noite com ela. Mas então ela gritou de medo e, quando os médicos e enfermeiras de plantão chegaram e o encontraram à beira de seu leito, prestes a tirar a roupa, ele foi agarrado e arrastado para fora. Ele revidou, dizendo que ela o queria, dizendo que foi ela que o chamou por uma janela na enfermaria vazia, e como não conseguiram acalmá-lo, eles o amarraram e informaram a sua unidade. Foi onde o comandante o encontrou – amarrado com cordas em um depósito de remédios. Shalaby também não contou a Ines e Um Mabrouk o que aconteceu depois: que o comandante ordenou a Mahfouz que tirasse a roupa e ficasse nu como no dia em que nasceu, enquanto o arrebentava com uma mangueira e o espancava com sapatos e chicotes por desobedecer a ordens.

Ele devia ter obedecido às ordens que recebeu antes da mobilização para o hospital, ordens de ficar na marca que o comandante havia traçado no chão, como seus companheiros guardas, e manter uma distância segura da enfermaria. Disseram que não abandonasse seu posto, em nenhuma circunstância, por nenhum motivo, mas seu desejo por aquela mulher o havia dominado. Ele era jovem, afinal, e essas coisas acontecem. Mahfouz foi visto cabisbaixo naquele mesmo dia, a barba cheia roçando os pelos do peito. Ele se humilhou aos pés do comandante, dizendo sem parar: "O que o senhor quiser de mim, *ya basha*, eu obedecerei, senhor, eu juro." Porém Mahfouz foi *mahzouz* – teve sorte – de não ir a julgamento e não ter sido convocado ao Portão. A mulher queria proteger sua reputação e, no fim, não deu um depoimento oficial. Shalaby sorriu, lembrando-se de que só uma semana depois desse incidente Mahfouz sobreviveu a um acidente terrível, quando seu veículo de transporte pegou fogo, e onze dos companheiros da guarda morreram. E depois, quando o quartel desmoronou com todos em seu interior, Mahfouz saíra do prédio sem um arranhão. Mas a sorte o traíra naquela última ocasião, durante os Eventos, e agora ele jazia como uma pedra no fundo do rio.

Um Mabrouk lamentou a perda do jovem e reconfortou Shalaby, dando-lhe um tapinha no ombro enquanto as lágrimas enchiam seus olhos. Teve a sensação de que uma situação tão trágica era a oportunidade perfeita para contar sua própria história, sobre sua filha, e assim conquistar alguma solidariedade, mas Ines tomou explosivamente a chance dela, fazendo objeções a Mahfouz ser chamado de mártir. Ela se viu mais uma vez abrindo a boca sem pensar e deixando de lado todas as virtudes do silêncio, da cautela e da moderação. Era como se tivesse deixado tudo isso do lado de fora da sala de aula e voltasse a seu curso de árabe, onde sempre dominava a atenção.

Mahfouz tinha começado o ataque e assim ele merecia ser culpado, disse Ines. Matara alguém primeiro e pagara um preço justo. Além do mais, as pessoas que mandaram que ele matasse também deviam ser castigadas. O povo já não tinha muito a enfrentar todo dia, com suas tristezas e seus problemas, e a angústia da espera, sem que a vida das pessoas fosse perdida também? E por que motivo?

Prudente, Um Mabrouk tentou silenciar Ines – ninguém estava a salvo ultimamente, nem mesmo de seu próprio irmão – e como não conseguiu, ela se afastou, despediu-se e foi mexer em suas coisas. Ines continuou seu discurso por algum tempo, depois parou, surpresa consigo mesma. Pela primeira vez na vida, estava dizendo o que pensava na frente dos outros, sobre um assunto além das aulas que dava a sua turma. No fundo, estava satisfeita com o que dissera e começou a repassar mentalmente, palavra por palavra, pesando atentamente o significado. Sim, estava segura de tudo que dissera. Shalaby provocara algo nela, aquele tolo ignorante que pensava ser o único entre eles a entender de alguma coisa. Ele falou como se o primo fosse um galante cavaleiro em guerra contra o mal e não uma alma desafortunada retirada a contragosto de sua terra para servir nas forças de segurança, quando ninguém nem mesmo sabia qual era a unidade dele. Ainda assim, Um Mabrouk tinha razão. Se alguém a ouviu, ou se Shalaby tivesse boas relações, podia denunciar o que ela falara a um inspetor ou diretamente aos tribunais. Ela poderia ser demitida, não só reavaliada, e a essa altura nem mesmo o Certificado de Cidadania Legítima que ela veio procurar lhe bastaria.

Shalaby virou-se para Ines como um leão e teria lhe dado um tapa na cara se não estivesse tão chocado. Mal conseguia processar tudo que ouvira. Ninguém jamais atacara a história de Mahfouz; toda a cidade se lembrava dele com orgulho e o considerava um herói por Deus e pelo Portão. As pessoas começaram a chamar a mãe de Mahfouz de "Mãe do Herói", até "Mãe do Mártir", e ela rapidamente adotara o novo nome. Shalaby falava em Mahfouz em cada oportunidade que tinha. "Ah, Deus o abençoe", diziam alguns; outros ofereciam ajuda à família dele, e outros ainda partilhavam de sua tristeza pelo primo. Outros elogiavam a coragem de Mahfouz, sua bravura e a disposição que teve de se sacrificar, e alguns até amaldiçoaram os homens que o perseguiram. Mas esta mulher parada diante dele não entendia nada. Seria ela tão ignorante para não saber a diferença entre um criminoso imundo e um homem honrado?

Mesmo que Mahfouz tivesse cometido um pequeno erro aqui ou ali, ele não colocara o país em perigo, nem seu povo, como fizeram aqueles agitadores. Ele sacrificara a vida por aquilo e fora corajoso, talvez mais do que todos os outros guardas juntos. Foi um homem de verdade, enquanto o homem que ele matara – provavelmente sem nem mesmo pretender – era só um baderneiro, um sabotador, estava lá para assustar as pessoas e tornar sua vida mais difícil do que já era. Esse homem tinha paralisado o país, ele e outros que fecharam as ruas enquanto tantos cidadãos honrados só tentavam ganhar o pão de cada dia. Todos os primos de Shalaby, e todo mundo que ele conhecia, voltaram para o vilarejo e agora estavam desempregados.

Se ele estivesse no lugar de Mahfouz, teria feito o que Mahfouz fez e mais ainda, e se Ines estivesse defendendo a nação no lugar dele, saberia como obedecer a ordens. Teria aprendido que, quando se recebe uma ordem, não se discute, não se questiona e mal há tempo suficiente para cumpri-la – e mesmo que houvesse tempo, o comandante não permitiria que fosse desperdiçado com perguntas idiotas. Se um dia o comandante ouvisse de um de seus homens as coisas que ela falou, ensinaria umas coisinhas a ele, depois o homem seria trancafiado. Se esta mulher tinha alguma honra, saberia que obedecer a seu comandante era obedecer a Deus e que a insubordinação era um pecado maior do que qualquer mortal podia suportar e a levaria a sua própria queda. Mas provavelmente ela era corrompida, moralmente e de outras formas – sem escrúpulos, sem religião, nem mesmo usava um lenço respeitável; ele podia ver uma mecha de cabelo pendurada por baixo daquele pedaço lamentável de pano na cabeça dela. Sim, sem dúvida ela era uma das pessoas a respeito das quais o comandante o havia alertado, falar com ela era perigoso, ela podia mexer com sua cabeça, tentar fazer uma lavagem cerebral nele. Se ela não era uma dessas pessoas, por que as estava defendendo e ofendeu seu primo, por que ficou feliz com a morte dele? Ela teria concordado que Mahfouz era um mártir, pensaria que a família dele merecia ser recompensada ou que ele era digno de alguma coisa. Será possível que ela tenha participado dos Eventos Execráveis também? Ele ouviu boatos de que havia mulheres entre os sabotadores.

O SERVIÇO DE CELULAR

Nagy descobriu que Ehab sabia muito sobre os mistérios da vida graças a seu trabalho como jornalista e às ligações com pessoas de todas as esferas. Enquanto isso, Ehab descobria que Nagy era um veterano experiente de debates e conflitos devido aos dias na universidade e depois, quando encontrou emprego. Desenrolou-se uma longa conversa entre os dois, que contaram as histórias célebres e anônimas de suas vidas, trocaram impressões sobre os últimos desenvolvimentos no distrito e debateram sobre o que esperavam que o Portão fizesse agora. É claro que ele seria aberto, nisso eles concordaram, mas, quando acontecesse, ficaria ainda mais opressivo, e eles não se livrariam do Portão tão cedo. Ehab era reservadamente otimista, enquanto Nagy havia muito tempo era sobrecarregado pelo peso da sensação de inutilidade. Durante a conversa, ele levantou a questão da provação de Yehya e mencionou alguns detalhes, mas não o nome do amigo, ou nenhuma informação que revelasse por que ele estava na fila.

Mas Ehab começou a agir como quem soma dois e dois. Passou a seguir Yehya por ali e de vez em quando ia ver como ele estava, embora seu comportamento levantasse suspeitas, e Yehya tentasse evitá-lo sempre que o via se aproximar. Por fim, Ehab convenceu Nagy a revelar o resto da história, pensando que ele e Yehya talvez precisassem de sua ajuda, de algum modo. Desde o momento em que entendeu toda a situação, Ehab se recusou a deixar Nagy sozinho; ficou inteiramente focado em descobrir quando Amani iria ao Hospital Zéfiro. Ele sabia da dificuldade que ela teria na missão e farejava uma história para o jornal que valia o risco. Obter qualquer documento daquele lugar era como retirar um pedaço de carne da boca de um leão faminto, disse ele, e a possibilidade de ela fracassar era duas vezes a de ter sucesso. A presença dele como jornalista podia dar algum apoio e proteção, argumentou ele, e, além disso, ele podia ser mais diplomático quando era necessário.

Seguiu-se um debate entre iguais, Ehab usando suas habilidades jornalísticas para convencer Nagy, que recorreu a argumentos filosóficos em que era bem versado. Nagy não queria expor os amigos nem aumentar ainda mais suas complicações e não sabia como Amani reagiria a Ehab. Nagy insistiu que era inútil que Ehab ou qualquer outro jornalista fosse com ela. Ele sabia do que Amani era capaz (ela podia retirar a radiografia da boca de qualquer um – que dirá de um leão) e sabia que ela podia conseguir tudo sozinha. Porém, apesar da insistência de Nagy, Ehab não parou de importuná-lo até que Nagy concordou em lhe contar o plano.

Um Mabrouk abriu seu tapete e passou a dormir ali na maioria das noites. Seu filho Mabrouk a visitava quase todo dia, e a fila o deliciava com seu potencial para diversão e brincadeiras. Ele começou a passar ali depois da escola e logo ficava na fila durante os fins de semana. Longe do apartamento bolorento da família, sua saúde melhorou um pouco; ele engordou, e as crises renais não eram tão graves. Um dia, ele levou a Um Mabrouk um recado da irmã mais velha, que ultimamente raras vezes saía do apartamento, pedindo que a mãe enviasse o último relatório médico. Mabrouk disse que ela precisava dele imediatamente para anexar à requisição de uma vaga de emprego que entregaria na Cabine. As despesas da família tinham dobrado desde que Um Mabrouk parara de trabalhar nas duas casas adicionais e, em vez disso, dividia seu tempo entre o Portão e o escritório onde trabalhava Amani.

Da bolsa, ela retirou uma pilha de papéis, todos desorganizados, e olhou uma página depois da outra, mas não conseguiu encontrar o relatório que a filha precisava. Ehab foi atraído à confusão e se ofereceu para ajudar. Agachou-se ao lado dela e colocou a papelada em ordem, por data: relatórios e certificados de paciente de um lado, exames do outro. Estava quase terminando e tinha acabado de pegar os últimos documentos quando leu o título na primeira página e de repente parou. Seus olhos se arregalaram, e a folha de papel tremeu em sua mão. Nesta folha de papel amarelo, nada parecida com qualquer coisa já vista, ele encontrou uma curta conversa. À primeira leitura parecia conhecida, embora ele não soubesse onde a tinha visto ou ouvido. E então, de súbito, sua memória deu fôlego às palavras. Era um telefonema que ele próprio dera alguns dias antes a um colega do jornal. "*Saeed, as coisas ficaram estranhas por aqui. Tem cada vez mais gente, o Portão está fechado e estou ouvindo umas histórias esquisitas. Vamos nos reunir no sábado, já terei tudo escrito até lá.*"

No canto inferior esquerdo do papel, ele leu duas palavras em tinta vermelha e grossa: *Importante – Averiguar*. Ele virou a folha de papel e viu suas próprias informações pessoais, centralizadas, detalhadas e claras. Havia mais discussões e conversas nas páginas seguintes, mas eram de outras pessoas, identificadas pelos nomes escritos no verso de cada folha.

Um Mabrouk percebeu a mudança repentina na expressão de Ehab, e como não sabia ler, ela perguntou se o relatório era assim tão ruim. Ela queria saber se sua segunda filha morreria logo, como a primeira, mas ele não lhe deu resposta nenhuma. Continuou em silêncio enquanto um rubor lhe subia pelo rosto e pelo pescoço, depois sua voz apareceu, prendendo-se na garganta, perguntando a ela de onde vieram os documentos. Ele não entendeu nada do que ela disse; eram hospitais demais para contar, e laboratórios de análise, e radiografias, e médicos em clínicas e centros de saúde, e seguro saúde; ela contou que havia outros papéis, mas um funcionário público havia tirado das mãos dela na Cabine, pouco antes de ela chegar à fila, então ela o fez jurar contar a verdade sobre o estado de saúde da filha e por que ele estava tão alarmado.

Ehab entregou a ela o relatório necessário e garantiu que a reação dele não tinha nada a ver com sua filha; é que só por acidente ela pegara outros documentos, e ele os devolveria a seu verdadeiro dono. Um Mabrouk se agarrou aos papéis e pediu que ele não mentisse para ela, já tinha suportado coisa demais e só queria a verdade, disse a ele, e o filho começou a chorar. Ela não o deixaria ir embora antes de ele pegar o relatório, ler e explicar a ela em termos simples para que entendesse. Ele prometeu lhe contar a verdade e disse que ela precisava terminar sua papelada para fazer a cirurgia e salvar a filha. Com as mãos ainda trêmulas, ele pegou as folhas de papel amarelo, dobrou com cuidado e colocou no bolso. Ao partir, Um Mabrouk gritou para ele todas as orações de que conseguia se lembrar. Ele foi ao lugar tomado de tocos de árvore e restos de carros antigos, um local aonde ia sempre que queria escrever. Pegou os papéis e começou sua leitura, paciente e deliberadamente, parando a cada palavra.

Havia cinco páginas diante dele. Uma era a seu respeito, outra sobre Ines, e as outras tinham relação com três pessoas que ele não conhecia, nem reconheceu os nomes, nem sabia se eram veteranos da fila ou se nunca estiveram lá. Ele voltou e observou Ines de longe.

Ela estava em seu lugar de costume. Um Mabrouk desenrolava seu tapete, Shalaby estava de pé ao lado dela, e um prato de *fuul* e alguns picles estavam colocados em uma página de jornal diante deles. Um Mabrouk ofereceu alguma comida a Ehab enquanto ele se aproximava, apresentando-o a Shalaby, mas ele meneou a cabeça, agradeceu e passou por eles na direção de Ines. Apresentou-se, mas ela disse que sabia quem ele era – Ehab era bem conhecido na área, e Ines tinha ouvido falar dele, embora os dois nunca tivessem conversado.

Ele perguntou se ela teria alguns minutos para explicar algo importante, longe dos ouvidos dos outros na fila. Eles se afastaram um pouco do tapete de Ines, mas ela ficou de olho nele, com medo de que algum oportunista roubasse seu lugar. Ehab pegou o papel, disse a ela para ficar calma e pediu que lesse. Curiosa, ela pegou a folha. A conversa era longa, mas ela tapou a boca com a mão quando leu as duas primeiras linhas, de repente estava quase chorando.

– Eu peço desculpas, juro que sinto muito. Não pretendia nada com isso, são só palavras, eu não pretendia...

Ele a interrompeu, dizendo que não havia necessidade de ela se desculpar. Ele estava exatamente na mesma situação; havia um registro de um telefonema dele em outra página. Ines parou de chorar e abriu a boca, mas desta vez não saiu som nenhum.

– Mas não falei com ninguém ao telefone hoje, nem ontem – disse ela de súbito, chocada. – Estive falando com Shalaby, que está na fila atrás de mim. – Segurando firme a folha de papel, ela olhou para os outros. – Shalaby, com licença, você tem um minuto?

No início, Shalaby não entendeu do que eles estavam falando. Ines o acusava de passar adiante o que ela dissera, mas voltou atrás quando Ehab explicou a situação. Shalaby não ouvira seus telefonemas e não poderia ter passado a conversa a eles também, raciocinou

Ehab. Shalaby confirmou o que Ines dissera – que ela não tinha falado de forma alguma ao telefone, nem ele a perdeu de vista desde sua conversa. Ele dizia a verdade, acrescentou, e isto não tinha nada a ver com os erros que ela cometeu a respeito dele ou de seu primo, o mártir. Um Mabrouk intrometeu-se também, jurando que Ines era uma professora muito respeitada. Tinha ética, as alunas aprendiam muito com ela, e sem dúvida ela não falara nada pelas costas de Shalaby.

O SEGUNDO EVENTO EXECRÁVEL

Hammoud passou a chave e o ferrolho na porta da cafeteria e gritou ao celular, que não parava de tocar, desde que ele se recusara a servir na fila novamente. Ele não ia voltar ao trabalho, insistiu, só quando os conflitos perto da cafeteria se dispersassem e tudo se acalmasse. A notícia se espalhou pela fila horas depois, e logo todos sabiam que os Eventos tinham se inflamado novamente. Foram os motoristas dos micro-ônibus que começaram a manter as pessoas na fila atualizadas sobre as últimas evoluções, embora dar notícias não fosse fácil para eles. De acordo com os novos regulamentos, os veículos não tinham mais permissão para rodar junto da fila. Os motoristas tinham de deixar os ônibus na esquina, onde havia um soldado, depois andar o resto do percurso até a fila para transmitir o que souberam em suas rotas diárias.

A maioria dos motoristas continuou a dar as atualizações desse jeito, gratuitamente, pelo tempo que duraram os Eventos, simplesmente pelo senso de comunidade. Uma profunda amizade se desenvolvera entre os motoristas e as pessoas que esperavam na fila, e isto agora gerava os frutos da solidariedade. Ninguém esperava que os combates continuassem daquele jeito, e eles apostavam que a vida logo voltaria ao que era antes. No final, eles disseram, o soldado acabaria por se acostumar com eles e permitiria que os micro-ônibus voltassem a andar na calçada, como vinham fazendo desde que a rua se encheu de gente esperando na fila. Mas eles perderam a aposta num piscar de olhos. Certo dia, um barracão de placas de metal com duas janelas quadradas apareceu no meio do cruzamento, bloqueando a rua, e nem o menor dos carros conseguia contorná-lo. O soldado agora ficava estacionado dentro dele, atrás de uma placa com a frase PROIBIDA A ENTRADA DE VEÍCULOS e a mesma assinatura, *Abbas*.

As pessoas que testemunharam o Segundo Evento descreveram uma batalha que grassava na beira da praça principal, mas ninguém sabia dizer exatamente quem eram os envolvidos. Parecia haver diferentes facções, mas, como no Primeiro Evento, os combatentes não estavam uniformizados nem traziam símbolos. Nenhum envolvido responderia a perguntas, e eles ignoravam todos os outros. Testemunhas oculares discordavam a respeito de quantos estavam feridos e foram mortos, e, embora se ouvisse o gemido das ambulâncias, ninguém viu nem uma pessoa ser transportada de lá. Aqui e ali, as pessoas notavam poças largas e fundas de sangue, mas só raras vezes viram alguém sangrar. Um motorista grisalho e com a barba por fazer jurou a um grupo de pessoas na fila que vira com os próprios olhos um jovem descalço tão ferido que sua perna estava prestes a cair, e a mão segurava com ferocidade um saco plástico transparente. Dentro dele, o motorista disse que conseguiu distinguir pequenas pelotas prateadas, cobertas de um líquido vermelho-escuro. O motorista disse que um policial à paisana se propôs a comprar o saco com todo o seu conteúdo, mas o jovem recusara terminantemente. Seguira-se uma luta violenta, que terminara com o policial roubando a sacola e correndo com ela antes de poder ser detido. O jovem tentou ir atrás dele, mas sua perna lhe faltou, ele se sentou no chão e chorou.

A apresentadora do Canal Jovem também chorou, profundamente afetada pelos eventos na praça. Sua voz berrava de um rádio dentro de um micro-ônibus estacionado, em torno do qual as pessoas da fila tinham se reunido. Um psicólogo conhecido e respeitado foi convidado a vários noticiários para explicar e analisar a situação. Garantiu aos ouvintes que havia uma explicação muito racional para o que estava acontecendo: o clima quente, que naturalmente leva à excitabilidade, à fúria e ao comportamento incontrolável. Durante uma dessas entrevistas, sua explicação foi interrompida por uma notícia de última hora, declarando que as autoridades investigavam a possibilidade de colocar para-sóis perto dos lugares de tráfego intenso para acalmar os nervos dos cidadãos e reduzir sua irritabilidade.

Ninguém sabia o que dera início ao Segundo Evento, mas, no primeiro dia dos combates, Amani, que atravessava a praça quase diariamente a caminho do trabalho, viu gente tentando entrar furtivamente na Zona Restrita. Procuravam alcançar uma rua que havia muito fora fechada com barricadas de ferro e agora era um trecho desolado de terra dando nos fundos do Edifício Norte. Ninguém tinha permissão de entrar ali, nem mesmo os animais de rua se atreviam a andar por perto. Não colocaram nenhuma placa, nem alertas, mas não teriam sido necessários. A rua era cercada por uma muralha colossal de pedra, sem janelas, impenetrável, impossível de escalar, que escondia a rua e tudo nela de qualquer um que passasse.

Ninguém tinha permissão de passar pela Zona Restrita já havia algum tempo, a não ser aqueles que portavam a carteira de identidade violeta do Portão. Mesmo assim, as pessoas sabiam o que havia ali, em particular os idosos, que a conheceram antes dessas mudanças. Eles diziam que o Edifício Norte carmim tinha sido construído na rua em si, ou pelo menos cobria metade dela. A rua fechada pela barricada levava a um túnel curto, que passava por baixo do Edifício Norte e saía do outro lado, em algum lugar perto da Cabine. Um dia, quando estava quase saindo da praça, Amani ouviu coisas caindo atrás dela e o barulho abafado que produziam com seu peso batendo no chão, mas não se virou para ver o que era. De súbito, sentiu que a situação era mais perigosa do que tinha imaginado, que as coisas estavam prestes a estourar e desatou a correr para sair da praça, querendo fugir de tudo, de tudo aquilo.

O Evento não dissuadiu Um Mabrouk de começar um pequeno empreendimento para arcar com o custo da espera na fila, ou pelo menos compensar a renda que perdia por não trabalhar mais nas casas das pessoas. Antes, não se passava um dia sem que uma das mulheres para quem ela trabalhava lhe desse objetos usados; ela era a primeira a aparecer diante de seus olhos e tinha mais mérito do que os estranhos. Ela aceitava tudo, ajeitando as coisas, tornando-as úteis, mas ali, na fila, ninguém cedia nada. Com seu corpo e os ombros largos, ela ocupava mais espaço do que a maioria das pessoas e usou esta vantagem como um ponto de partida para o empreendimento. Fez amizade com alguns motoristas e lhes pediu que trouxessem pacotes de chá, café, açúcar e leite em pó, que eles entregavam periodicamente e ela pagava no fim da semana. Trouxe de casa um antigo fogareiro a gás e comprou copos baratos de plástico branco em uma loja de uma grande rede, que abriu várias filiais em seu distrito da noite para o dia e parecia não fechar nunca, nem mesmo durante os Eventos.

Quando voltava do trabalho no escritório de Amani pela manhã, ela assumia posição na frente do fogareiro e fornecia bebidas para quem estava à volta. Seu círculo de clientes rapidamente se expandiu. A cafeteria estava fechada e Hammoud tinha desaparecido, e assim ela começou a atender a muita gente, veteranos e recém-

-chegados da fila. Ela considerava Ehab um de seus clientes mais importantes, porque todo dia ele convidava alguém para uma xícara de chá. O mesmo em relação a Ines, que – como era muito metódica quando se tratava do trabalho – estava acostumada a beber três xícaras de chá por dia: uma durante a primeira aula, outra no intervalo e a última à noite. Logo se juntou a eles o homem da *galabeya*, que constantemente pedia novos tipos de bebida, como chá de anis ou de canela com gengibre. E então Um Mabrouk acrescentou outro serviço à lista. Deixava as pessoas usarem seu telefone a um preço mais baixo: podiam telefonar para os entes queridos por metade do valor que pagariam usando os próprios telefones ou fora da fila. Logo ela conseguiu comprar para Mabrouk uma mochila nova para a escola e depois mandou algum dinheiro à irmã por intermédio dele. A filha ainda não conseguira encontrar um emprego, mesmo depois de ter anexado diligentemente seus atestados de saúde e todos os outros documentos necessários em apoio a suas requisições.

O empreendimento de Um Mabrouk se saiu ainda melhor do que ela esperava até que a vida na fila foi perturbada pelos embates na praça. À medida que os combates chegavam a seu auge, a fila foi invadida por uma "ralé intrometida", como Um Mabrouk começou a chamar os manifestantes, um nome logo adotado por outros presentes na fila. A Ralé separou parte da fila e manteve centenas de pessoas cativas atrás de suas barreiras, que, ela suspeitava, eles tinham construído com lixo e entulho empilhado pela área. As pessoas na frente da fila enfim conseguiram ver a Força de Dissuasão, criada para proteger o Portão. Os guardas apareceram, empunhando escudos novos, e se espalharam pela muralha externa, mas não interferiram.

Quando as pessoas atrás das barreiras começaram a desconfiar de que a Ralé tentava adiar a abertura do Portão, passaram a se ressentir deles – em especial porque havia boatos de que os preparativos do Portão tinham terminado e logo ele seria reaberto. Começou a aparecer toda sorte de provas contra a Ralé, implicando-a em uma miríade de atos abomináveis. As acusações foram transmitidas por toda a mídia e surgiram alegações graves de que eles eram anti-Portão, seguidas por afirmações de que tentavam dividir e dispersar a fila. Ao ouvirem isto, as pessoas atrás das barreiras se ergueram contra a Ralé, acusando-os de um comportamento que era infantil, frívolo e irresponsável, e exigindo que partissem imediatamente.

A Ralé se defendeu com ferocidade, argumentando que meses tinham se passado sem a mais leve mudança. As pessoas deviam se unir e esquecer o Portão, disseram eles, mas não conseguiram propor nenhuma alternativa convincente, e assim todos na fila – aqueles que estavam atrás das barreiras e os demais – recusaram-se a abrir mão da esperança. Ninguém estava disposto a sair sem receber a resolução que viera procurar. A vida na fila era relativamente organizada e estável antes da chegada da Ralé; havia regras e limites reconhecidos, que todos aceitavam e obedeciam.

A única pessoa que não se unia a este consenso era Nagy. Não contou a ninguém na fila, exceto Yehya, o que lhe passava pela cabeça. Perguntava-se o que tornava as pessoas tão ligadas a sua nova vida de girar na órbita da fila, incapazes de se aventurar para além dela. As pessoas não eram idiotas antes de chegarem ao Portão com sua papelada. Havia mulheres e homens, jovens e velhos, profissionais liberais e pessoas da classe trabalhadora. Não faltava nenhum estrato da sociedade, até os mais pobres entre os pobres estavam ali, e não se separavam dos ricos de forma alguma. Todos estavam em igual situação. Mas todos tinham o mesmo olhar, a mesma letargia. Agora até começavam todos a pensar do mesmo jeito.

Ele esperava que existissem exceções, que alguém entre eles saísse em apoio à Ralé, ou até se solidarizasse com seu apelo para resistir a esta situação absurda e incessante – mas ninguém o fez. A fila parecia um ímã. Atraía as pessoas, depois as tornava cativas como indivíduos e em seus pequenos grupos, e as despojava de tudo, até do senso de que sua vida anterior lhes foi roubada. Ele também tinha sido afetado – no fundo, sabia disso. Caso contrário, ainda teria seu caráter rebelde e diria a todos na fila para avançar, prometendo que, se todos agissem em um só passo, este passo único poderia destruir as muralhas do Portão e abalar sua estagnação. Mas o ímã da fila o mantinha cativo. Talvez ele tivesse se convencido de que ajudava Yehya ao permanecer na fila, mas a verdade é que não conseguia sair dela; seu corpo ia e vinha, mas a vontade estava aprisionada ali.

Tudo parou. O dia a dia na fila não podia seguir como o normal e prejudicava as pessoas que precisavam ganhar a vida ali, inclusive Um Mabrouk que, por medo de ser atacada, foi obrigada a guardar suas coisas e parar de ferver a água e lavar os copos que reciclava. Como muitos outros, ela recebeu uma ameaça da Ralé – mesmo sem saber se a entendia inteiramente –, que a acusara de ajudar a manter o *status quo*, até a lucrar com ele.

Logo as coisas chegaram ao ponto de ruptura; havia negociações e escaramuças, e o homem da *galabeya* organizou orações para aqueles atrás das barreiras. As pessoas que aguardavam na fila propuseram uma solução de conciliação à Ralé: se o Portão não se abrisse em um mês, eles próprios assinariam um termo de cessação das hostilidades, ou preparariam um contrato por escrito estipulando que todos que estivessem na fila por mais de três meses, incluindo o tempo que passavam fora dela, partiriam imediatamente. Mas nenhuma dessas tentativas de aplacar a Ralé teve sucesso.

E então, um dia, eles se retiraram misteriosamente. As pessoas simplesmente acordaram certa manhã e perceberam que a Ralé tinha ido embora. Souberam que quem estava atrás das barreiras tinha formado pactos e planos contra a Ralé, unidos aos motoristas de micro-ônibus, que sentiram o perigo iminente quando passou a ser proibido dirigir de partida e chegada à fila. Quando a Ralé percebeu que inevitavelmente seria expulsa, reuniu-se e partiu à noite sem dizer nada.

A crise tinha terminado, mas deixou sua marca em todos na fila, em particular naqueles que receberam ameaças diretas. Representou um desperdício do precioso tempo de Um Mabrouk; porém, mais do que isso, restaurou nela a crença de que sua infelicidade a acompanharia aonde quer que ela fosse. Os motoristas voltaram, abastecendo a fila de todas as notícias que ouviam, mas eram vagos e infrequentes. As partes em guerra desapareceram, mas seus efeitos perduravam. As sirenes de ambulância ainda podiam ser ouvidas, mas seu número era cada vez menor, até que por fim a paz prevaleceu, e as pessoas souberam quantos foram feridos e com que gravidade.

Ehab parou por quase um dia inteiro, e Yehya aproveitou para consultá-lo, pedindo as últimas informações de que ele soubesse, mas isso não foi de utilidade nenhuma. O jornal não tinha mais notícias do que todos os outros; nada – nenhuma estatística, nenhuma mensagem oficial –, nada foi anunciado. O número de micro-ônibus que chegavam à esquina também diminuiu. Quando alguns dias se passaram e nenhum deles apareceu, as pessoas perceberam que os postos de gasolina estavam novamente fechados e que todo o óleo diesel tinha sido redirecionado para os árduos esforços de limpeza. Vários tratores vieram para limpar o entulho. Passaram pelo barracão de metal na rua até a fila, e alguns chegaram a raspar na construção. O soldado dentro dele, no entanto, não os censurou, nem registrou o número das placas. Trabalharam em turnos por dias a fio e até, em ocasiões diferentes, à noite, durante semanas, sem parar, levantando pedras e outros destroços, troncos caídos de árvores e até árvores que ainda cresciam na terra. Às vezes, no escuro, pegavam gente dormindo, por engano, mas as pessoas sempre voltavam no dia seguinte sem terem sofrido nenhum dano significativo.

Passou-se muito tempo, e o Evento quase tinha desbotado na memória, quando certa manhã o Portão transmitiu uma mensagem pública, declarando que a praça estava novamente segura e aberta a pedestres. O Evento Execrável tinha acabado, disse o Portão, para nunca mais voltar, e ele insistia que os cidadãos não se deixassem enganar pelo que tinham visto, por mais confiantes que estivessem na acuidade de sua visão. A transmissão também continha um anúncio importante: o Portão estava fechando todas as alas de radiologia dos hospitais, clínicas públicas e particulares, confiscando todo o seu equipamento e levando para o Hospital Zéfiro, que era uma subsidiária do Portão. O Portão decidira embarcar neste caminho da reforma abrangente, explicou a transmissão, no interesse do bem-estar físico e psicológico dos cidadãos. Tinha realizado uma pesquisa com pacientes por toda a nação e determinado que muitos dispositivos davam resultados falsos e imprecisos e imprimiam imagens granuladas ou enganadoras. Esses dispositivos eram usados sem nenhuma consideração pelos princípios médicos ou éticos, e qualquer enfermaria ou clínica descoberta de posse destes aparelhos seria considerada responsável e receberia a punição condizente. A mensagem também apelava a todos que tivessem uma radiografia ou resultado de exame médico, de qualquer espécie, que se apresentassem à Cabine imediatamente, para que o exame fosse inspecionado e verificado, e acrescentava que não seria cobrada nenhuma taxa por este serviço de cortesia.

O anúncio foi entregue à sede do jornal onde trabalhava Ehab, e ele de imediato telefonou para contar a Nagy. Em choque, Yehya foi diretamente a Um Mabrouk e discou repetidas vezes o número de Tarek. Se a mensagem era verdadeira, como todos diziam, significava que ele não podia mais fazer uma radiografia em lugar nenhum, nem que apelasse a favores ou tentasse obter raios X por baixo dos panos. Quando Tarek finalmente atendeu, não revelou nada ao telefone, mas deu a impressão de estar mais interessado em Yehya do que o habitual. Perguntou detalhadamente sobre os movimentos de Yehya, se a dor tinha perdido a intensidade, se era em punhalada, se latejava. Perguntou com que frequência Yehya urinava e qual era a cor da urina, e também perguntou sobre Amani. Mas a atenção de Tarek era inútil para Yehya, que inferiu apenas uma coisa: a enfermeira-chefe ainda não tinha voltado. Ela deve ter a radiografia, e Tarek escondia o motivo para ter ido embora.

Um Mabrouk dispensou a cobrança pelo telefonema e devolveu o dinheiro de Yehya em solidariedade para com seu ferimento. "O mundo está contra você, quer que eu fique contra também? *Ya ibni*, as coisas já são bem ruins do jeito que estão." Ele a deixou, sentindo a cabeça a ponto de explodir. Suas lembranças se precipitavam de volta a ele e depois sumiam, deixando um emaranhado de emoções em conflito. Ele estava tomado de desespero e de um desejo de se esconder, mas ao mesmo tempo infundido do anseio de sobreviver, recomeçar e viver novamente cada momento de tristeza, alegria e absurdo. Não tinha vontade de discutir com Um Mabrouk, mas também sabia que ela não pagava pelos telefonemas que dava. Um Mabrouk ganhara uma linha telefônica e crédito infinito da Telecomunicações Violeta, como muitos outros.

Yehya tinha ficado tenso ao ouvir a voz de Tarek do outro lado da linha. Assim que encerrou a chamada, pediu licença e saiu da fila, sem se dirigir a nenhum lugar em especial. Vagou pela rua, apreendendo todo o panorama de longe. Sabia que precisava ver Tarek em particular.

Voltou algumas horas depois, levantando animadamente os dedos em um sinal de vitória quando viu Nagy. Com algumas amabilidades e certa sedução, ele conquistara Sabah, e soube que a enfermeira-chefe tinha tirado uma longa licença sem vencimento. Ela entregara sua notificação, pegara seus pertences e tinha ido cuidar de algum problema pessoal, recusando-se firmemente a discutir esta decisão repentina com qualquer um do hospital. Tinha sido extremamente sigilosa, escondendo a decisão até o dia da partida, e ninguém conseguira descobrir o que havia acontecido com ela, apesar das várias tentativas dos amigos íntimos e colegas de trabalho. Sabah também lhe disse que ela própria descobrira parte do segredo. Soube que o hospital pensava em contratar uma nova enfermeira-chefe enquanto o diretor investigava a fundo a situação, que era a seguinte: uma semana antes, ou talvez mais, a enfermeira-chefe tinha se juntado à fila do Portão.

A SRA. ALFAT

As coisas logo voltaram ao normal na fila, e a vida diária recomeçou de onde havia parado. Foi uma mudança liderada por Um Mabrouk, que se livrou dos copos velhos e baratos e comprou uns de vidro mais bonitos para comemorar a partida da Ralé. Ela limpou as palmas e as costas das mãos no vestido e entregou ao homem da *galabeya* um copo de chá de anis com dois saquinhos em vez de apenas um, acrescentando:

– Deus lhe dê muita saúde.

Ele resmungou algumas palavras enquanto tomava o primeiro gole, sem perceber o sorriso de Um Mabrouk, mas ela insistiu.

– Não tem uma oração, ou algo a dizer pela saúde e por dias melhores no futuro, *ya Hag*? – perguntou ela.

Ele não deu sinais de ter escutado nem se responderia, caso tivesse ouvido, e não tirou os olhos do copo. O sorriso de Um Mabrouk murchou, e ela recuou, constrangida, dizendo:

– Ah, talvez o senhor não tenha me ouvido... Não se preocupe, fique à vontade.

Ele terminou a última gota do chá de anis, olhou-a rapidamente pelo canto do olho e limpou a barba, de olhos fixos no arranjo simples em volta dela. Pegou suas contas de oração e a aconselhou, enquanto passava o polegar em uma conta dourada depois da outra, a procurar as lições que ele dava na frente da fila. Muitos dos virtuosos compareciam a essas lições semanais, e alguns até vinham de longe na fila.

– No início da semana que vem – disse ele. – Seria bom você ir, pela vontade do Todo-poderoso.

Yehya começara sua procura pela enfermeira-chefe, mas a fila era tão imensa que ele não conseguia percorrer facilmente a multidão à procura dela. Conseguiu dar uma busca em uma pequena área, mas era como uma gota em um balde, porque a fila tinha quilômetros de extensão. Ele raciocinou que não deveria limitar a busca ao final da fila; não acreditava que ela se sentisse obrigada à ordem de chegada e ficasse no final. Além disso, ele sabia que as pessoas trocavam de lugar com frequência e facilidade – ele próprio tinha pulado à frente de muitos, e algumas pessoas que chegaram apenas algumas semanas antes agora estavam na frente, cada uma delas graças a seus próprios métodos ou capacidade de barganha. Assim, ele e Nagy combinaram de dividir a fila entre os dois, partindo do mesmo local e andando em sentidos contrários.

Ele tinha de parar e chamá-la em voz alta a cada poucos passos; não havia outro jeito de cuidar disso. A única imagem que tinham dela era aquela na mente de Nagy – da última vez em que estivera no hospital, Sabah o levara à sala das enfermeiras e apontara, com orgulho, uma moldura grande recheada de fotografias dos médicos, enfermeiras e outros funcionários do hospital. Ela se aproximara da moldura, metera o dedo no pescoço de uma mulher de meia-idade e falara: "A sra. Alfat, a enfermeira-chefe, e eu de pé ao lado dela." As pessoas na fila não ficaram surpresas com a pergunta de Yehya; estavam acostumadas com gente perguntando pelos outros e a ouvir estranhos prestativos indicando a direção correta. Às vezes distribuíam-se fotografias, tanto de adultos como de crianças, perdidos em meio às multidões da fila. Acontecia especialmente no horário das refeições, quando diminuíam as notícias e os boatos, esmorecia a apreensão geral, e a atenção de todos se voltava para a pessoa que dividia a comida com eles. Yehya encontrou duas enfermeiras em sua busca, uma técnica e uma oftalmologista com sua irmã mais nova, mas nenhuma delas era a sra. Alfat, e nem uma só pessoa alegou conhecê-la. Um Mabrouk se ofereceu para perguntar aos clientes e os instruiu a perguntar a outras pessoas, explicando:

– A enfermeira-chefe é uma maioral, uma parente distante de Yehya.

Yehya e Nagy se reencontraram no ponto de partida, depois de não terem sucesso nenhum. Estavam exaustos e convencidos de que seria impossível continuar a busca sem um fio a que se agarrar. Nesse ritmo, levariam quase dois meses. Eles se sentaram para pensar num jeito de economizar tempo; já haviam perdido muito. Nagy sugeriu que pedissem a ajuda de Ehab, mas Yehya rejeitou definitivamente a ideia. Queria manter a questão no círculo mais estreito possível. Mas então ele se lembrou de que esse jornalista inoportuno, que tinha lhes oferecido sua amizade desde o início, importunando-o incansavelmente, já sabia muito a respeito dele. Foram informações que Nagy revelara com a melhor das intenções, mas implicavam que sua situação não era mais um segredo. Ehab já sabia de tudo. E apesar das reservas de Yehya, ele não podia negar que Ehab e seus companheiros jornalistas tinham métodos comprovados quando se tratava de investigações, e isto poderia ajudá-los em seu objetivo: descobrir o paradeiro da enfermeira-chefe.

Não havia necessidade de se render à desconfiança, percebeu ele, nem era preciso ser tão teimoso. Ele confiava em Nagy, e este, por sua vez, confiava em Ehab. O tempo passava veloz e com ele as coisas mudavam rapidamente. Eles não podiam mais prever o que traria o dia de amanhã, ou que acontecimentos futuros lançariam o mundo mais uma vez na confusão. Nagy comprou um copo de café e o levou com ele ao partir em busca de Ehab, enquanto Yehya deixou a fila para usar o toalete. Afastou-se lenta e dolorosamente, com a palma da mão pressionando a coxa para escorar seu peso. O suor escorria-lhe pelo rosto. Brotava entre as suturas na testa e se espalhava pelo nariz e pela boca, intensificando o calor escaldante que emanava da pele, como se a cabeça tivesse se transformado em um pequeno sol.

 Ele precisava parar a cada dois ou três passos para recuperar o fôlego e enxugar o rosto, enquanto outras pessoas continuavam em movimento a sua volta. Alguns daqueles que o conheciam se ofereciam para ajudá-lo, enquanto outros o ignoravam, acostumados, como estavam agora, à aversão dele a conversas e fofocas desnecessárias, e às pausas que deixavam nas conversas. A mulher de cabelo curto gesticulou para ele, e Yehya assentiu para ela, incapaz de levantar o braço e retribuir o aceno por causa da dor. Ela correu para alcançá-lo e parou na frente dele, sem fôlego. Perguntou sobre sua saúde e lhe ofereceu um lenço de algodão limpo, dizendo que ficasse com ele. Depois perguntou o que ele pensava sobre a bolsa esquecida, o catalisador do conflito que explodira entre ela e o homem da *galabeya* algum tempo atrás. Ela não sabia qual era a posição de Yehya nesta questão, assim ela disse, mas supunha que ele estava do seu lado. De longe, ela notara que ele desenvolvera um relacionamento com Ehab, o jovem jornalista, o mesmo que interferira para socorrê-la no problema em que ela se metera, e depois ele próprio se envolvera ao sugerir como podiam resolver a questão.

 Yehya assumiu uma postura mais alta ao ouvir a pergunta e a encarou. Tinha se esquecido completamente de todo aquele caso.

Os últimos acontecimentos e os novos problemas se acumulavam a sua volta, e ele mal conseguia se lembrar do que tinha havido, além de algumas poucas palavras e imagens nebulosas. Mas esta mulher parecia ter tempo mais do que suficiente para tais coisas; claramente, era do tipo que andava por ali, metendo o nariz onde não era chamada, criando caso ou procurando problemas, até conseguir o que queria. Ele lhe garantiu que falaria no assunto com Ehab e apontou para seu lugar na fila, mostrando a ela onde normalmente podia ser encontrado, e sua expressão não revelava nada. O rosto de Yehya continuou composto enquanto ele se afastava, mas depois de atravessar a rua e finalmente ficar sozinho, ele deixou que a dor o fulminasse mais uma vez enquanto esvaziava a bexiga.

Havia gotas escuras de sangue tingindo a roupa íntima, e a dor agora o corroía com mais força do que antes. Era esperança dele que as coisas não seguissem este rumo, que não fossem de mal a pior. Tarek tinha explicado os muitos resultados possíveis durante a primeira consulta: o mais otimista era que a bala capitulasse e se alojasse em algum lugar seguro, cercada pelo tecido protetor que o corpo forma naturalmente em volta de qualquer objeto estranho que perturbe sua integridade natural. E então todos esses elementos se tornariam um só: bala, tecido e várias secreções desconhecidas formando uma massa tranquila e sossegada que ficaria com ele pelo resto da vida. Mas parecia que a bala tinha escolhido outro caminho, lançando-se em uma incursão para seus intestinos, perfurando-os e talvez logo envenenando seu sangue.

Ele tentou se livrar desses pensamentos inquietantes e os substituiu por outros mais animadores: Amani entrando de rompante no porão do hospital, atacando quem quer que se opusesse a ela e voltando com a radiografia; Nagy amarrando Tarek, depois o obrigando a fazer a cirurgia; uma plataforma de casamento decorada no início da fila, na frente do Portão, e uma foto imensa dele e de Amani colocada no canto, no lugar da placa PROIBIDA A ENTRADA; e finalmente, os dois em um longo abraço, amorosamente enredados, em vez deste silêncio desagradável que tinha caído entre eles desde o seu ferimento. Ele se endireitou o máximo que a dor permitia e decidiu procurar pessoalmente Ehab.

QUATRO

Documento Nº 4

Histórico do Paciente

O paciente, Yehya Gad el-Rab Saeed, teve infância e adolescência comuns; não contraiu nenhuma doença digna de nota, não foi submetido a nenhuma cirurgia anterior e não tem histórico familiar de enfermidades. Sofreu de episódios de ansiedade e irritabilidade, que, durante os últimos anos de universidade, o levaram a cometer determinados atos que podem ser descritos como rebeldes. Seus supervisores recomendaram acompanhar este caso. Esses episódios voltaram vários meses depois de ele se formar e conseguir um emprego digno; o motivo para sua recorrência não foi determinado, embora provavelmente os episódios sejam responsáveis por certos aspectos de seu comportamento, em particular o comportamento recente, uma vez que ele foi visto na praça em mais de uma ocasião, quando não tinha motivos para estar ali. Todas as informações relacionadas com esta questão foram registradas em seu Arquivo Pessoal.

Posteriormente, foram requisitados os registros de sua universidade e do local de trabalho, e o exame das observações aí registradas estabeleceu que os sintomas observados no paciente dão um quadro incompleto e, assim, impedem um diagnóstico preciso. Além da ansiedade e da irritabilidade, outros sintomas incluem uma crença irracional de que ele pode alterar a realidade; uma clara tendência a agir de forma socialmente inaceitável e prejudicial; e maneiras ásperas e inamistosas quando interage com os outros.

Na primeira vez em que leu o documento, Tarek teve de analisar bem os sintomas para entendê-los plenamente, porque estavam muito fora de sua área de perícia. Leu-os duas ou três vezes, depois lhe ocorreu que todos os episódios mencionados no Documento nº 4 – episódios, dizia o documento, a que Yehya tinha sucumbido em várias ocasiões – coincidiam com determinados acontecimentos. Alguns ocorreram antes do aparecimento do Portão, outros logo depois disso. Tarek sabia o que tinha acontecido com Yehya durante o primeiro Evento Execrável e sabia que ele sofrera crises de dor tão intensas que o deixavam imóvel, mas Tarek não tinha notado nenhum desses episódios emocionais ou outros sintomas estranhos.

Tarek só estava interessado nas questões relevantes para seu trabalho como cirurgião: se Yehya havia passado anteriormente por alguma cirurgia, ou se tinha uma doença que impedisse outras operações. Ele se viu telefonando para Sabah e perguntando se ela havia notado algum comportamento ou sintomas incomuns em Yehya quando ele esteve no hospital, ou se ele se comportara de alguma forma que pudesse inquietá-la ou fosse de algum incômodo, mas ela rapidamente desprezou a sugestão e aparentou estar surpresa com a pergunta.

Ele voltou ao último parágrafo, procurando por um detalhe que o levasse a um possível diagnóstico, mas não encontrou nada. Refletiu sobre os três sintomas adicionais, vendo se cabiam nele mesmo. Não era difícil: Tarek certamente tinha feito algumas coisas que os colegas consideravam inaceitáveis, ou pelo menos insensatas. Certa vez, cometera um erro involuntário enquanto auxiliava em uma cirurgia complicada e foi chamado de louco quando admitiu o fato ao chefe. Quanto a uma "crença de que ele pode alterar a realidade", era verdade que quando era mais novo tinha certeza de que podia convencer outros médicos a não faltar a seus plantões e cumprir os horários, como ele fazia... ou, pelo menos, como tinha feito até os últimos meses. Ele percebeu que estava no mesmo caminho de Yehya e que um dia desses podia merecer um documento semelhante. Virou a página, enterrando-a entre outros papéis, e empurrou a pasta para bem longe na mesa.

O CAMINHO PARA A CAFETERIA

Ehab apertou vigorosamente a mão de Yehya para encorajá-lo, acolhendo-o em uma relação de amizade e solidariedade, em que ele ficaria à sua disposição. Disse a Yehya que estava pronto para ajudá-lo como pudesse, com qualquer coisa, a qualquer momento. Quer ele estivesse na fila ou na sede do jornal, Yehya só precisava telefonar. Ele lhe deu seu número e o deixou com Nagy; não queria desperdiçar tempo conversando quando tinha certeza de que podia encontrar essa sra. Alfat, onde quer que ela estivesse. Se Yehya estivesse disposto a divulgar sua história, o que certamente provocaria um alvoroço, ele seria, de longe, a pessoa mais importante que Ehab conheceu na fila; ele e sua bala eram provas sólidas de que nem tudo foi acobertado. Se Yehya conseguisse sua permissão, criaria um precedente importante; o Portão nunca antes emitira nada parecido. Mas, se ele fracassasse, pagaria com a própria vida, e nenhum acordo ou consenso poderia salvá-lo. Ehab falava sério: estava disposto a fazer qualquer coisa para ajudar Yehya a permanecer forte até a abertura do Portão. Ele e Nagy podiam cuidar de tudo que o próprio Yehya não podia fazer – qualquer tarefa difícil que provocasse uma guinada para pior na saúde de Yehya. Não havia dúvida de que os dois eram mais rápidos do que ele, mas Yehya se recusava a abandonar as idas e vindas. Continuava lutando contra tudo isso, embora estivesse exaurindo o corpo doente e precisasse desesperadamente descansar. Ehab ficou interessado em Yehya desde que pela primeira vez pôs os olhos nele e em sua carranca perpétua. Esta não parecia combinar com o admirável espírito combativo de Yehya, mas, desde o momento em que eles se conheceram na fila, Ehab não se lembrava de ter visto Yehya sorrir.

Alguns dias depois de o Portão soltar seu anúncio, Amani ligou do escritório para Nagy. Estivera debatendo sobre o que fazer e tentando em vão falar com Yehya, e estava tão angustiada quando telefonou para Nagy que nem mesmo esperou por uma resposta quando perguntou como ele estava, pulando diretamente à pergunta seguinte:

– Você ouviu a mensagem?

– Ouvi.

– E Yehya?

– Yehya ouviu também. Estamos procurando pela enfermeira-chefe.

– Acho que estragamos tudo. Começamos tarde demais; Yehya deveria ter pedido a radiografia mais cedo.

– De qualquer modo, teríamos enfrentado os mesmos problemas. Este ou outro qualquer. Agora não é hora de se culpar, Amani.

– *Tayyeb*, tudo bem. Escute, tirei dois dias de folga do trabalho e vou ao Hospital Zéfiro amanhã ou depois de amanhã.

– Ligue para mim antes de ir, Amani, por favor... melhor ainda, vamos nos encontrar antes disso. Podemos nos encontrar com você em qualquer lugar perto da fila.

– Tudo bem. Amanhã às três no restaurante na frente da cafeteria?

– Veremos você lá.

– Diga a Yehya que mando lembranças. E você consegue convencê-lo a comprar um novo celular? Não suporto ficar sem saber como ter acesso a ele.

Enquanto isso, Yehya estava muito satisfeito por estar trabalhando com Ehab, que não era nada enxerido, como ele temia. Talvez ele tivesse se enganado com Ehab; talvez tivesse ficado muito irritado com sua personalidade ruidosa, ou talvez só tivesse perdido a paciência com o constante burburinho de Ehab ao lado dele, as bicadas que ameaçavam abrir buracos que o perfurassem. Yehya não sabia quando Ehab voltaria, mas não estava preocupado. Um estranho estado de espírito tinha se apoderado dele recentemente: o significado das minudências da vida empalidecia e minguava diante de seus olhos e de súbito tudo parecia desimportante.

Parado ali na fila, ele brincou com a possibilidade da liberdade; ele queria, mesmo que apenas em um nível mínimo, livrar-se do que estava acostumado a fazer de forma tão mecânica e romper o tédio dessas incontáveis semanas de espera. Marcou seu lugar no chão, disse a quem estava perto que ia sair, como era o costume na fila, depois decidiu que pelo resto do dia não faria mais o que se esperava dele. Acordou Nagy de seu cochilo e disse que queria andar pelo centro da cidade por um tempo. Nagy se levantou, passou a manga da camisa no rosto e os dedos pelo cabelo, e parecia pronto para a ação. Não esperava que Yehya saísse da fila novamente, não depois de sua última e única excursão para ver Tarek, que tinha terminado em decepção. Eles andaram lado a lado, de vez em quando davam-se os braços, e sem dizer nada foram para a antiga cafeteria. Era onde costumavam se encontrar em seus tempos de estudantes, e não iam lá havia anos, embora tivessem ouvido relatos recentes de que estava quase em ruínas depois de sobreviver a inúmeros ataques.

Uma brisa cálida soprava no rosto dos dois, vindo da cafeteria, mas trazia o gás pungente que ainda perdurava nas ruas, provocando coriza e ardência nos olhos. O mundo parecia aquele do dia em que eles foram ver Amani: o chão estava triturado, e fissuras fundas corriam pelo asfalto, como se criassem novas ruas. Os olhos dos dois caíram em várias munições estranhas, grandes e multicoloridas, espalhadas por ali. Não eram parecidas com nada que Yehya e Nagy tivessem visto na vida e não davam sinais de onde foram fabricadas.

Havia latas vazias de gás lacrimogêneo espalhadas nos trechos entre as munições por todo o caminho até a cafeteria. Nada das lembranças dos dois estava como no passado, exceto pela pedinte, que eles conheciam bem dos tempos de universidade. À medida que os dois se aproximavam, viram-na sentada em seu lugar de sempre embaixo da placa violeta, mas suas coisas, que eram as mesmas havia muito tempo, tinham se alterado um pouco. Uma medalha dourada em uma fita azul-escura agora pendia na frente de seu corpo, ao lado de um antigo fogareiro a querosene, um copo de chá e seus pacotes habituais de lenços de papel para vender.

Aos olhos de Nagy, ela ganhara aquela medalha como uma insígnia de honra por se recusar a sair de seu lugar nos momentos em que a rua se enchera de gás lacrimogêneo. Ficara sentada de pernas cruzadas no lugar de sempre, sem se mexer nem um centímetro, nem tentar se esconder, com um capacete na cabeça, uma máscara de gás preta pendurada no pescoço, enquanto todos os outros corriam a sua volta. Ela havia alcançado o ápice do valor, suas mãos sempre estendidas, claramente sinalizando que pedia uns trocados. Afinal, não se deve parar de trabalhar, quaisquer que sejam as circunstâncias. Sim, pensou ele, era evidente que ela percebera que a economia era o próprio sangue vital! Que a roda da produção e da construção não devia parar de girar, nem por um segundo, nem mesmo nos tempos mais sombrios. Ele sorriu com ceticismo de seus próprios pensamentos. Se não tivesse tomado aquela decisão corajosa – uma estupidez corajosa, às vezes ele admitia – de pedir demissão do emprego na universidade, onde os estudantes costumavam faltar às aulas e não exigiam muito dos professores, ele a teria apresentado a seus alunos mais adiantados. Teria lhes pedido para realizar um estudo sobre a filosofia de tempo, espaço e existência física, depois escrever uma breve dissertação inspirada nela: a Mulher da Máscara.

O ANÚNCIO DO PORTÃO

Desde que eles conseguiam se lembrar, a televisão ficava instalada em uma prateleira de madeira grossa no alto de uma parede da cafeteria, empacada em um canal. Não pegava nenhum outro sinal, anunciava com frequência o garoto que trabalhava ali. Ou talvez fosse Hammoud que constantemente alegava que a coisa estava com defeito, só ficava no mesmo canal, e nunca deu aos clientes a oportunidade de pedir para mudar. Com um cuidado experiente, Yehya lentamente dobrou o joelho direito, inclinou o tronco para a direita também e, em seguida, baixou um lado do traseiro magricela na ponta da cadeira. Deixou que a dor crescesse a toda sua magnitude por um momento, até ele saber que podia suportá-la sem gemer ou gritar, depois deslizou todo o traseiro para o assento de madeira áspera, estendendo um pouco a perna esquerda. Da mesa dos dois na calçada na frente da cafeteria, eles viam que os danos não foram graves. Alguns copos de vidro tinham se quebrado, algumas cadeiras perderam uma ou duas pernas, e uma antiga pintura caíra da parede. Nagy meteu a cabeça para dentro da cafeteria, mas não viu Hammoud, apenas alguns poucos clientes de olhos fixos na televisão enquanto os tabuleiros de gamão e as peças de dominó ficavam intocados. Ele voltou os olhos para a televisão, assistindo atentamente, depois colocou a mão no ombro de Yehya, alertando-o. O Portão se erguia na tela em todo o seu esplendor enquanto a voz do locutor proclamava com um prazer entusiasmado:

"Ó amados companheiros cidadãos, para atender plenamente a suas necessidades, o Portão em breve estenderá seus serviços excepcionais a vocês todos os dias da semana, das sete da manhã às quatro da tarde, diariamente. Por gentileza, completem sua documentação antes de reservar um lugar e entreguem na Cabine, guardando o recibo assinado pelo funcionário como prova de validade. Aos que solicitarem Certificados de Cidadania Legítima, suas requisições devem ser acompanhadas por uma carta oficial autenticada por seu local de trabalho ou estudo, declarando o propósito da requisição, a parte a quem o certificado será enviado, bem como a confirmação de sua qualificação para recebê-lo. Não hesitem em buscar informações nos seguintes números..."

O anúncio durou sete minutos inteiros, e Nagy contou o tempo no relógio, minuto por minuto. Depois disso, apareceu na tela uma frase que ninguém na cafeteria já tinha visto, como se fosse um adendo, sem nenhuma relação com a gravação em áudio. *Com as considerações do Ex-general-de-brigada Zaky Abd el-Aal Hamed, presidente do Edifício Norte.*

Nagy virou a cara e sorriu. Apesar da frequência com que o Portão lançava essas atualizações promissoras, ele ainda não havia sido reaberto e nada realmente mudara. Isto só proporcionava alguma esperança a que as pessoas se agarrassem e um motivo para permanecer na fila. O Portão tinha começado a lançar esses anúncios logo depois de ter aparecido, e, no início, eles eram transmitidos em vários canais diferentes. Em pouco tempo, um canal especial foi criado para a transmissão de todas as notícias relacionadas com o Portão, depois também relacionadas com *fatwas*, e mensagens gravadas dirigidas aos cidadãos. Após isso, o canal especial começou a transmitir novas leis e decretos à proporção que eram promulgados pelo Portão, um depois do outro, e proibiu outros canais de exibi-

-los. Em seguida, decidiu listar os nomes das pessoas cujas requisições e permissões seriam aprovadas quando o Portão fosse aberto, relacionando-os na tela no final de cada semana. Isto atraiu uma audiência imensa; as pessoas se deliciavam ao descobrir quem entre eles teve sorte e quem foi rejeitado. Mais tarde, o Portão promulgou um decreto que proibia outros canais de exibir quaisquer anúncios além dos seus próprios e os obrigava a colocar no ar suas transmissões. Suas mensagens ficaram cada vez mais agressivas e intensas, em particular depois dos Eventos Execráveis, e o Portão obrigou os outros canais a retransmitir todas. Algumas redes obedeceram, mas outras se recusaram e fecharam os canais e escritórios. Mas o Portão não regulava as emissoras de rádio da mesma forma. Simplesmente tratou de se livrar dos funcionários das emissoras e recrutou cidadãos leais, homens e mulheres, para comparecer aos programas, posando de ouvintes neutros.

Hammoud apareceu cerca de meia hora depois com uma bandeja de bebidas e parou diante deles por um instante, compreensivelmente surpreso. A última coisa que ele esperava era vê-los fora da fila, bem ali, debaixo de seu nariz. Nagy o censurou por desaparecer tão subitamente e abandonar os moradores da fila sem dar nenhum sinal ou alerta, mas Hammoud disse que a situação ficara tão perigosa que ele não tivera alternativa senão servir aos operários da construção. Ele pedia desculpas, disse, mas também estava farto de como as coisas se desenrolavam, em especial com Um Mabrouk, que tinha passado dos limites.

– O que ela entende de chá e café? – Ele começou a gritar. – Ela não devia ficar na fila como todos os outros? Por que ela está prejudicando nossos negócios?

Ele acusou os dois de colaboração com ela para conspirar uma trama contra ele e o dono da cafeteria; não estava certo que eles perdessem tantos clientes habituais para Um Mabrouk, e além de tudo com tanta rapidez. As pessoas podiam ter esperado até que a vida voltasse ao normal, as coisas no bairro se acalmassem, e a cafeteria reabrisse suas portas, mas não... ninguém disse uma palavra, e ninguém pensou em dissuadir Um Mabrouk. A maioria a estimulou a continuar nos negócios e até a se expandir. Hammoud prosseguiu, tão furioso que estava pronto para começar uma briga de verdade ou até expulsá-los dali, mas, graças à paciência de Yehya, eles controlaram sua fúria e contra-atacaram aquela arenga, virando o jogo com galhofas. Não havia uma marca de chá muito conhecida, disse Nagy, cujo sabor mudava misteriosamente quando estava nas mãos de Hammoud? E que eles descobriram – puramente por acaso, é claro – que era batizada com algum pó preto: aguada, como era o resto de suas bebidas? Trocando piscadelas, eles lhe disseram que este era o verdadeiro motivo para terem apoiado Um Mabrouk, e Hammoud cedeu. Ele riu sem fazer comentários nem negar as acusações, depois foi pegar as bebidas deles: dois cafés com açúcar, em copos decentes, em vez dos habituais copos baratos.

    Um homem de *galabeya* tradicional listrada passou por eles com uma grande pilha de jornais pendurada de uma alça de couro passada pela cintura. Parecia um ambulante antiquado, mas não anunciou sua mercadoria como faziam os antigos mascates, e andava como um obtuso, como se não tivesse mais manchetes empolgantes que atraíssem possíveis negócios. Nagy chamou o homem, que parecia desinteressado na possibilidade de clientes, e ele penosamente deu a volta e retornou com relutância à mesa dos dois. Yehya perguntou-lhe sobre certa revista de economia, e Nagy pediu cada jornal e revista que o homem carregava, mas o sujeito se desculpou com temor: o único jornal que ele vendia era *A Verdade*.

Nagy comprou um exemplar e o jogou na mesa tomada de pequenas poças de água. A borda do jornal começou a se encharcar e amolecer, ficou transparente e revelava as páginas por baixo. Hammoud chegou com o café, e Nagy empurrou o jornal de lado para dar espaço aos copos. Um meio sorriso malicioso se formou na boca de Hammoud quando viu o jornal molhado, as páginas dobradas e grudadas. A manchete da primeira página dizia "NOVAS EMENDAS A LEIS E DECRETOS" e era seguida por algumas frases curtas e uma nota de que as leis com emendas podiam ser encontradas nas páginas internas. Os olhos de Nagy caíram em uma frase conhecida, bem no meio da página: *Autorização para a remoção de balas.* O Artigo 4 (A) foi um dos que sofreram emendas. O texto do artigo não foi alterado, mas agora havia um parágrafo a mais. Nagy se remexeu na cadeira, lendo atentamente a primeira página, mas não disse nada. Não queria estragar o humor relativamente bom que tinha aparecido em Yehya e, assim, dobrou o jornal, colocou em uma cadeira e chamou Hammoud, batendo palmas:

– Outro café e chá com menta.

Não tinha se passado uma hora depois da saída de Yehya e Nagy da cafeteria, e Hammoud ouviu a voz do locutor voltar na televisão, desta vez mais solene e severa. O próprio locutor apareceu, vestido em um paletó elegante e gravata cinza com listras diagonais, e tinha o rosto cheio de seriedade. No fim do segmento, ele acrescentou que acabara de receber vários decretos importantes promulgados pelo Portão e enumerou-os sucessivamente. Dedicou especial atenção à revisão do Artigo 4 (A), dizendo que recebera uma emenda de acordo com o novo espírito no governo, que enfatizava princípios morais sólidos e a vigilância da consciência dos cidadãos. Também acrescentou que o artigo fora alterado como uma reação direta aos acontecimentos no país e entraria em vigor imediatamente.

"Não serão dadas permissões autorizando a remoção de balas, exceto para aqueles que provem, sem dúvida nenhuma e com evidências irrefutáveis, seu pleno compromisso com a moral e o comportamento correto, e para aqueles que receberem o certificado oficial confirmando ser um cidadão virtuoso ou, no mínimo, um cidadão legítimo. Os Certificados de Cidadania Legítima que não trouxerem uma assinatura da Cabine e o selo do Portão não serão reconhecidos em circunstância nenhuma."

A voz tagarelou com fundamentos e regulamentações antes de apresentar o resto do noticiário, nada ali continha novidade alguma, e Hammoud limpou as mesas e as enxugou com algumas páginas arrancadas do jornal deixado por Nagy e Yehya. Ele aumentou um pouco o volume da televisão e ajustou a imagem. Com o dinheiro que ganhava servindo as mesas na cafeteria, ele podia manter este canal pelo maior tempo possível.

Assim que saíram da cafeteria, Nagy procurou Ehab para discutir a última emenda, sem contar a Yehya, que não precisava ser sobrecarregado com outros problemas. Seu ar habitual de desânimo e aflição tinha sido suspenso nos últimos dois dias e não havia necessidade de trazê-lo de volta. Agora havia ainda outro documento a acrescentar à pilha crescente de papéis necessários para que ele se qualificasse para uma permissão; a estrada pela frente ficava mais longa, mais difícil e ainda mais complicada. Com a aproximação de Yehya, ambos se calaram.

– Alfat ainda não apareceu, Ehab?

– Não se preocupe, não me esqueci disso... Se ela estiver na fila, vou encontrá-la. Pedi a um monte de gente que conheço para ajudar na busca.

Yehya assentiu e tirou do bolso uma folha de papel quadrada e pardacenta que parecia um recibo do governo. A Cabine tinha aceitado sua carteira de identidade, disse ele, aquela do trabalho, embora estivesse vencida. O funcionário fizera duas fotocópias dela e disse que havia mais uma medida a tomar: uma entrevista pessoal no Portão. Se ele passasse por isto e recebesse o Certificado de Cidadania Legítima, automaticamente o documento seria anexado a seu arquivo lá, junto com o resto dos papéis e documentos. Depois, quando o Portão se abrisse, eles considerariam sua requisição de uma permissão para extrair a bala.

Nagy ficou aturdido, e Ehab riu, impressionado – Yehya não decepcionava. Apesar das adversidades, pensou Ehab, ele sempre tomava a direção correta, sem hesitar, sem esperar por ajuda ou mesmo conselhos daqueles que o cercavam. Ele sabia da emenda, decidiu agir e o fez sozinho, tudo isso enquanto Ehab e Nagy ainda discutiam o que fazer. Ele era um fenômeno. Quem o visse dois dias antes, andando recurvado, cinzento e infeliz, teria pensado que ele desistira completamente, que se rendera como tantos outros fizeram. Outras pessoas enfraqueciam diante do medo e da dor, ou se sujeitavam à enxurrada de pressão e promessas de cima, agarrando--se ao desejo de sobreviver a suas dificuldades. Outras concordavam em se submeter a uma cirurgia no Hospital Zéfiro e de algum modo saíam como estavam antes dos Eventos Execráveis. Não tinham uma marca que fosse no corpo, nenhum sinal de balas ou estilhaços, e as cirurgias quase não deixavam vestígios. Mas Yehya não era igual a eles. Era um homem diferente, firme e obstinado, e deve ter percebido naquele dia no Hospital Zéfiro o quanto seu ferimento era importante: ele carregava no corpo uma bala do governo. Estava de posse de uma prova tangível do que realmente acontecera durante os Eventos Execráveis e talvez fosse a única pessoa ainda viva disposta a provar o que as autoridades fizeram.

Mas Ehab deixou esses pensamentos de lado e rapidamente intrometeu-se antes que qualquer um dos outros pudesse falar.

– Foi bom o que você fez, Yehya... Você entrou em ação rapidamente em tempos como esses.

– Agora só precisamos que o Portão seja aberto. Todo o resto depende disso.

– Nagy, já ligou para Amani? – perguntou Ehab. – Estou decidido a acompanhá-la quando ela for ao hospital.

– Ela telefonou, e Yehya e eu marcamos de nos encontrar com ela amanhã à tarde no restaurante perto da cafeteria.

– Ótimo. Não se esqueça de dizer a ela para me contar quando vai ao hospital, assim poderei estar preparado.

Ehab os deixou para terminar sua ronda, e eles se sentaram juntos, torcendo por uma breve trégua antes de voltar a seu lugar. A fila se bifurcava ali e se estendia ainda mais, e ninguém se importava em especular qual era sua extensão ou tamanho. Famílias inteiras vinham visitar os parentes que aguardavam, crianças brincavam na calçada e jogavam seus restos de comida no soldado sentado em sua caixa de metal. Os micro-ônibus voltaram a aparecer com regularidade, e os postos de gasolina foram abertos depois de encerradas as operações de limpeza. Os insetos, porém, não desapareceram.

Quando voltaram a seu lugar, eles encontraram o jovem que tinha levado dali a velha do Sul. Ele disse que a mãe estava bem, que descansava em casa, e com a máxima cortesia perguntou se podia tomar o lugar dela na fila, olhando o espaço que ela havia deixado vago. Ines prontamente concordou e deixou que ele ficasse na frente dela; assim que ele desfez suas coisas e se acomodou, ela se curvou e perguntou o quanto a velha senhora estava doente e por que tinha desmaiado, mas o jovem não era tão comunicativo quanto Shalaby. Ela lhe perguntou com educação, mas ele respondeu apenas com algumas palavras sucintas, então Ines repetiu suas perguntas várias vezes, na esperança – vã – de algo que satisfizesse sua curiosidade. O homem da *galabeya* também começou a fazer visitas frequentes à área e ficava por ali sem nenhum motivo aparente, anunciando o quanto estava insatisfeito com a mistura abominável de homens e mulheres. Logo voltou sua atenção a Ines, dizendo-lhe para se comportar com recato, não se curvar para a frente nem se abaixar, e para rezar, a fim de que Deus atendesse a suas orações e mandasse a ela o que precisava do Portão.

Ehab encontrou a mulher de cabelo curto durante uma entrevista que fazia perto de Um Mabrouk. Cumprimentou-a calorosamente e, lembrando-se de seu primeiro encontro, disse-lhe com despreocupação que a bolsa perdida provavelmente ainda estava perdida – depois que todos concordaram com sua ideia, o homem da *galabeya* acabara ficando com ela. Após dizer isso, ele deu uma gargalhada, esperando que ela risse também, mas o desagrado lampejou pelo rosto dela. Não achava graça nenhuma; levava a questão a sério e sentia que ele havia falhado com ela. Depositara sua fé nele, e ele não estava agindo como um verdadeiro jornalista deveria, com princípios e competência. A multidão cresceu em volta deles, de um lado as pessoas que comiam e bebiam, e do outro aquelas que esperavam ser servidas por Um Mabrouk, e a mulher de cabelo curto desistiu da discussão. Meneou a cabeça, frustrada, depois olhou o relógio, como quem pede licença, e voltou a seu lugar na fila com o radinho que sempre carregava.

Ehab passou duas noites fora da fila e voltou cedo na terceira manhã com um exemplar do jornal para o qual escrevia, que tinha publicado uma reportagem investigativa importante redigida por ele sobre acréscimos e exclusões das leis e decretos com emendas. Ele fizera entrevistas com as pessoas preocupadas com a questão e explicou em seu artigo que, apesar da atenção com que as emendas aos parágrafos devem ter sido consideradas, havia algumas coisas que eram motivo de protesto. Ele citou o Parágrafo 4 (A) como exemplo, escrevendo que a emenda tinha suscitado uma controvérsia considerável, em particular de grupos que defendiam os direitos dos indivíduos. Eles observaram como a lei era complexa – ou "intrincada", como colocaram – e sugeriram respeitosamente que podia ser de difícil obediência para as pessoas.

Por exemplo, alguns daqueles que tinham balas alojadas no corpo estavam gravemente feridos e eram incapazes de apresentar uma requisição, esperando que seu caso fosse avaliado e consubstanciado, completando então a papelada para a permissão da cirurgia.

Outros grupos condenaram tanto o texto original como a emenda ao Parágrafo 4 (A). Sua crítica parecia objetiva e justa: o Hospital Zéfiro – o único isento da requisição de permissão – não tinha tantos leitos. Se os Eventos Execráveis se inflamassem novamente, ou irrompesse outra agitação, talvez ele não conseguisse acomodar todos os feridos. Algumas pessoas poderiam ser obrigadas a procurar tratamento em hospitais sem registro e sem segurança, o que desencadearia uma nova onda de problemas.

No fim do artigo, Ehab citou uma proposta anônima mandada ao jornal. Pedia ao Portão que abrisse outros setores autorizados em hospitais adicionais selecionados. Com mais hospitais operando sob o controle do Portão, as cirurgias seriam mais fáceis e mais baratas. Isto também daria um fim a todos os boatos desvairados de que o governo tinha certa culpa pelos ferimentos, quando só o que ele procurava fazer era ajudar os feridos e, naturalmente, proteger os direitos de seus cidadãos.

Aos poucos, Um Mabrouk descobria que, além de seus lanches, bebidas e celular, que às vezes criavam várias subfilas de clientes de uma vez só, a mulher de cabelo curto atraía ainda mais gente só por ficar ali. Ela a observava atentamente e logo percebeu que os grupos de pessoas que afluíam a sua barraca e à área para sentar não tinham nada a ver com a mulher em si, mas com seu rádio. Um Mabrouk raciocinou que ele criava uma atmosfera convidativa e animada, que estimulava as pessoas a ficarem mais tempo e pedirem mais bebidas, e às vezes batata-doce assada e pacotes de biscoitos. Com base nestas observações, começou a convidar a mulher a sua barraca sempre que passava por ela. Foi o mais simpática possível e usou cada truque que conhecia para mantê-la ali, até que por fim fez uma oferta generosa com que a mulher concordou. Um Mabrouk disse que daria chá gratuito pelo tempo que ela ficasse ali, desde que a emissora de rádio tocasse o que as pessoas quisessem ouvir, e não o que ela própria preferia.

A CAMPANHA DE BOICOTE

Como era de se esperar, a promoção da Telecomunicações Violeta foi um enorme sucesso na fila e não parecia haver limites para o número de telefones e contratos gratuitos que a empresa estava disposta a entregar. Mas de súbito ela sofreu uma análise mais atenta quando as pessoas fizeram uma descoberta preocupante.

Seus telefones começaram a gravar as conversas e transmiti-las a um dispositivo receptor na Cabine. De algum modo, todos os telefonemas e discussões que aconteciam perto do telefone eram gravados – mesmo quando eles não davam realmente um telefonema, e mesmo quando os aparelhos estavam desligados. Ehab confirmou: ele vazou informação ultrassecreta de que o funcionário na Cabine ligada ao Portão existia para analisar conversas e determinar quem entre eles dava sinais de alguma ameaça. Mandava suas avaliações diretamente para o porão do Edifício Norte, onde as conversas passavam por um atento processo de exame e classificação. Ali, eram anexadas ao arquivo individual do dono do telefone e, em alguns casos, tomavam medidas imediatas. Ehab também explicou às pessoas da fila que, quando os telefones de todos pararam de funcionar algumas semanas antes, foi um período de teste. A empresa experimentava a ferramenta de coleta de dados e provocou a suspensão dos serviços para ativá-la nos telefones de todos os clientes, mas a ferramenta só funcionara por um breve período. Em vez disso, com a ajuda de especialistas, a empresa tinha selecionado a dedo as conversas mais importantes. Escolheu as mais enigmáticas e suspeitas, as relacionadas com a segurança do Portão, e colocou aquelas pessoas sob vigilância constante. Em seguida, para trazê-las para dentro da rede, ofereceu a algumas delas linhas telefônicas gratuitas.

Ines tinha provas concretas em apoio a todo o relato de Ehab. Durante o chá da tarde, confidenciou à mulher de cabelo curto que ficou abalada ao descobrir que ela própria estava sob vigilância. Contou à mulher sobre a conversa com Shalaby, em que foram gravadas cada sílaba e cada palavra. Um Mabrouk confirmou o incidente. Ehab apresentou os documentos que tinha guardado, que incluíam toda a conversa e muitas outras. Tinham o selo da Cabine e eram oficialmente aprovados pelo funcionário, e ele se ofereceu para mostrar a qualquer um que quisesse ver. Com esta descoberta, e provas semelhantes que começavam a surgir, as pessoas pararam de usar os telefones, tanto os próprios quanto o de Um Mabrouk, exceto em raras ocasiões, e ganhou ímpeto uma campanha de boicote de amplo alcance. Quando Um Mabrouk anunciou que ia aderir à campanha, seu filho retirou a bateria do telefone e levou para casa. Ela gostou bastante do boicote e era uma adepta fiel. Ficou animada ao se unir a Ehab e seus amigos e contou aos clientes parte da história em que ela própria estava envolvida, enfeitando-a com alguns detalhes fascinantes.

Aos poucos, as pessoas descobriam que a ferramenta de vigilância se estendia para além da fila e a outros distritos. Ninguém sabia se isto afetava a todos, ou só às linhas telefônicas gratuitas, ou apenas àquelas pessoas cujas conversas foram enviadas ao porão. Apesar do alarido público, a Telecomunicações Violeta continuou a distribuir telefones gratuitos e alguns dias depois publicou um anúncio em *A Verdade* prometendo aos clientes um novo serviço superior, com detalhes a serem anunciados em uma promoção próxima. A empresa também alertou os cidadãos sobre a crença em falsas informações espalhadas pelos concorrentes menos afortunados, informações que só pretendiam manchar sua reputação e privar vastos segmentos da população – em particular os pobres – de seus serviços gratuitos. Enquanto isso, espalhavam-se boatos sobre o desaparecimento de algumas pessoas cujas conversas foram gravadas; elas foram convocadas ao porão e nunca mais voltaram. Esses boatos deixaram uma tensão visceral; as pessoas na fila trocavam nomes dos desaparecidos e as datas em que eles sumiram, distribuindo folhetos com suas fotografias e apelos para que eles voltassem incólumes. Embora ninguém da fila estivesse desaparecido, Ines ficou tão consternada com a situação que seu apoio ao boicote começou a esmorecer, embora ela tivesse sido uma das primeiras a defendê-lo. Ela ficou cada vez mais tímida e retraída e parou de tomar chá com Um Mabrouk.

Mas a mulher de cabelo curto insistiu no prosseguimento da campanha de boicote, sem temer os obstáculos à frente. A grande maioria da fila se juntou a ela, aqueles que estavam particularmente interessados em ajudar a reunir outros de lugares mais distantes, e ela até pensou em estender o convite aos distritos remotos. Entretanto, apesar do crescimento da campanha, nada nos jornais indicava que a Telecomunicações Violeta tinha sido afetada, de maneira nenhuma. Vários jornais publicavam anúncios de página inteira trazendo seu nome e o logotipo violeta em cores vivas. Em seguida, apareceu um artigo na *Verdade*, tão grande que tomou quase metade da primeira página, dizendo que o sr. Zaky Abd el-Aal Hamed, CEO, tinha o prazer de anunciar que a Telecomunicações Violeta agora atendia a mais de trinta por cento da população. Isto significava que atualmente era a empresa de telefonia mais utilizada no país e por uma margem significativa; a empresa em segundo lugar na popularidade não atendia a mais de cinco por cento.

 Todavia, embora nenhum jornal ou revista desse cobertura ao boicote à Telecomunicações Violeta, suas páginas estavam repletas de entusiasmo por outros boicotes – todos liderados por algo chamado de Comitê de Racionalizações e *Fatwa*. O primeiro boicote foi contra uma fábrica de doces, dona de uma famosa rede de lojas em vários distritos. O comitê descobrira que essa fábrica produzia doces de espiral de açúcar, em que – sob determinada ótica – podia se distinguir a palavra "Deus". O comitê soltou uma declaração apelando ao povo para boicotar a fábrica, uma vez que permitir que o nome de Deus fosse comido e digerido era a degradação definitiva do lugar da religião na sociedade e, assim, assegurou uma campanha em todo o país.

 Shalaby também aderiu ao boicote, depois de reconhecer o nome da fábrica em algum doce que tinha comprado junto com outros lanches em uma pequena loja de sua cidade natal. Pedindo o perdão e a proteção de Deus, de imediato destruiu o doce e queimou a embalagem, enquanto as pessoas em volta dele proclamavam, em oração, a grandeza de Deus e saudavam Sua vitória sobre o dono da fábrica. O homem da *galabeya* aderiu ao boicote antes dele e nisso os dois tiveram a companhia de Um Mabrouk (que pediu a Abbas para escrever "Não vendemos produtos da Fábrica Esperança" em um cartaz de papelão, que ela colocou entre duas pedras na frente dos biscoitos), e os três tiveram o apoio da sra. Alfat, que enfim aparecera no início da fila.

Yehya insistiu em atravessar a enorme distância até a sra. Alfat. Quando soube da notícia, Nagy tentou ir no lugar dele, mas Yehya não deixou, queria se encontrar com ela pessoalmente e partiu assim que eles souberam, sem sombra de dúvida, que era ela. Ehab a descreveu como uma mulher baixa em seus cinquenta anos, de constituição mediana e ombros largos. Usava um véu fino, só uma camada de tecido, e nenhuma maquiagem, a não ser por uma grossa linha de *kohl* em volta dos olhos. Ele também disse que ela trajava calça de pernas largas, um casaco cinza comprido que ia até os joelhos e, ao contrário da maioria das outras mulheres, calçava tênis.

Yehya não teve dificuldade para reconhecê-la. Ele a encontrou já no início da fila, sem participar de nenhuma conversa a sua volta, mas claramente ouvindo com atenção tudo que era falado. Ela parecia tensa, inquieta com o clima geral. Yehya ficou parado ali por alguns minutos, observando-a de longe, e teve a impressão de que ela era severa, apesar da aparência calma e bonita. O que teria levado alguém como a sra. Alfat a deixar um emprego tão importante? O que a havia incitado a abandonar o local de trabalho e sua casa para ficar na fila, como ele? Tantos pensamentos e possíveis explicações passavam por sua mente, mas nada fazia sentido. Ele tentou adivinhar como a mulher reagiria a sua visita surpresa, mas logo se cansou das especulações inúteis e se sentiu um tolo esperando ali, sem objetivo nenhum, então respirou fundo, deixou que a respiração tivesse eco em seu lado ferido e partiu na direção dela.

– Boa tarde.

– Olá... Posso ajudá-lo?

– Meu nome é Yehya Gad el-Rab Saeed. Fui paciente no hospital onde a senhora trabalhava.

– Ah, é um prazer conhecê-lo. Há algo que possa fazer pelo senhor?

– Bem, o dr. Tarek queria a radiografia que ele tirou de mim no hospital, mas a senhora estava de férias, e então...

– Uma radiografia do quê, exatamente? – perguntou ela, interrompendo-o.

– Raios X de minha pelve.

– E quando foi isso?

– No dia 18 de junho.

Yehya teria preferido não precisar mencionar nada que a deixasse de sobreaviso, permitindo, em vez disso, que a memória da mulher preenchesse os hiatos.

– No dia dos Eventos Execráveis – disse ela incisivamente. – Senhor, não recebi nenhuma papelada nem radiografias naquele dia... nem sua, nem de mais ninguém que estivesse ferido, nada. Até as pessoas que morreram foram então transferidas para o Hospital Zéfiro. Estou certa de que o senhor sabe disso.

Yehya ficou surpreso com sua resposta incisiva, que não lhe dava margem para reagir.

– Mas o dr. Tarek tirou uma radiografia minha, senhora, eu mesmo vi, e outro dia ele me falou que estava com a senhora.

– Isto simplesmente não é verdade. Eu o aconselharia a falar com ele de novo.

Ele agradeceu a ela e saiu. Não tinha energia para argumentar ou para obrigá-la a se repetir, nem mesmo para questionar sua resposta; era como se ele soubesse o que ela diria desde o início. A porta que Tarek havia aberto para ele foi batida na sua cara.

Amani, Yehya e Nagy foram obrigados a adiar o encontro por vários dias, uma vez que os eventos que se desenrolavam em volta deles não deixavam tempo para outras coisas. Nagy esteve ocupado repassando as conversas que tivera recentemente, analisando o que dissera e o quanto ele esteve envolvido nelas, para não ser apanhado desprevenido, se algo acontecesse. Por fim, todos arrumaram tempo para almoçar em um restaurante na frente da cafeteria.

Amani sentou-se ao lado de uma janela grande do segundo andar que dava para a rua estreita, de onde parecia que todos os estilhaços e escombros foram retirados recentemente. O restaurante não mudara muita coisa desde a última vez em que ela esteve ali: o mesmo cheiro de detergente barato, as cadeiras num tom verde-escuro, os ladrilhos pequenos que nunca recuperaram sua verdadeira brancura, os vasos de barro com as bordas desgastadas da frequência com que as plantas eram regadas; até o número de clientes parecia o mesmo. Amani escolheu sua mesa de costume. Por duas vezes acenou para o garçom, esperando por Nagy e Yehya, que estavam atrasados, e passou o tempo observando as pessoas andando animadamente embaixo, imaginando que os dois, como sempre, andavam em zigue-zague.

Yehya levou algum tempo para subir a escada, agarrando-se no corrimão para ter apoio e jogando o peso no ombro de Nagy. Nunca imaginou que lutaria tanto num lance de escada como aquele, em particular enquanto ainda era jovem. A dor chegou ao auge no último degrau, e ele ficou petrificado por um momento. Em seguida, enfim soltou Nagy e o corrimão e baixou as mãos junto do corpo. Ele sorriu, esforçando-se para respirar normalmente, e foi para onde sabia que Amani estaria sentada. Ficou parado atrás de sua cadeira e colocou as mãos em seus ombros, enterrando os lábios no cabelo de Amani em um longo beijo. O garçom, tendo perdido a paciência, voltou à mesa pela terceira vez assim que eles tomaram seus lugares. Amani estava prestes a dispensá-lo, mas Nagy, que tinha notado o jeito revelador com que ela franzia os lábios, aquele sinal nefasto que significava que ela estava pronta para uma briga, interferiu. Rapidamente pediu berinjela, *fuul* e ovos fritos, enquanto Yehya ficou sentado, de mãos dadas com Amani, recuperando o fôlego.

A conversa deles foi dominada pelos recentes acontecimentos; Yehya e Nagy tinham recolhido o prêmio de notícias intrigantes pela fila e se revezaram contando as histórias. A mulher de cabelo curto angariara uma animosidade ainda maior do homem da *galabeya*; ele reprovava sua postura em muitas questões, e isto o irritava tanto que ele queria bani-la de todo o distrito. Ines declarara categoricamente que não estava convencida quanto ao boicote à Telecomunicações Violeta, sem dar motivos, embora fosse vista chorando com frequência, agora que se agravavam os boatos dos desaparecidos.

O homem da *galabeya* começara a aparecer ao lado dela o tempo todo, e as pessoas o viam falando extensamente com ela, às vezes até gritando. Em algumas ocasiões, ela chorava ainda mais quando ele estava por perto e, em outras, suas lágrimas diminuíam, mas ninguém ouviu exatamente o que ele dizia.

Amani não tinha notícias do escritório, só que Um Mabrouk faltava ao trabalho com frequência. Nagy explicou que, embora ela estivesse fazendo bons negócios na fila, ele imaginava que ela voltaria para honrar suas responsabilidades no escritório – ainda mais em vista da situação atual. Recentemente, ela se livrara do telefone, e sua receita sofrera uma queda acentuada.

Eles trocaram novidades rapidamente, caindo em silêncio só por um momento, aqui ou ali, depois retomavam a conversa, enquanto o garçom os castigava pelo atraso nos pedidos, demorando a trazer sua comida.

Yehya evitou revelar o que tinha acontecido entre ele e a sra. Alfat, mas não tinha como evitar a questão quando os outros dois lhe perguntaram diretamente se ele escondia alguma coisa. Amani não acreditou na enfermeira-chefe e a chamou de cascavel, enquanto Nagy acusou Tarek de mentir. Yehya não assumiu lado nenhum, porém recusou categoricamente a sugestão de eles voltarem a enfrentar Tarek no hospital. Se Alfat e Tarek não tinham intenção nenhuma de lhe dar a radiografia, agiriam assim da mesma forma, mas ambos negaram sua posse, e Yehya não tinha sequer como provar que a radiografia existia. Confrontar os dois a respeito de seu desaparecimento só podia piorar as coisas. A leveza com que eles começaram a tarde se dissipou, e cada um voltou-se para seu prato de comida recém-chegado, isolado em seus próprios pensamentos.

Depois de terminar a comida lentamente, Amani anunciou num tom solene que iria ao Hospital Zéfiro no dia seguinte, de manhã cedo. Yehya tentou dissuadi-la, mas ela encerrou a discussão. Já se demorara bastante, disse, e não precisava que ninguém a desencorajasse. Estava ainda mais preocupada, agora que Yehya confirmou que a radiografia estava perdida, e isto foi o bastante para convencê-la de que precisava ir. Ela mal se aguentava na cadeira; balançava-se de um lado para outro e se remexia no assento, torcia as mãos e mexia no cabelo. Se a equipe do hospital já não tivesse encerrado o dia de trabalho, ela iria lá naquele momento.

O silêncio caiu sobre eles enquanto Yehya mergulhava mais profundamente em seus pensamentos turbulentos. Sabia que não havia outra atitude a tomar, mas ele estivera no Hospital Zéfiro uma vez na vida e tinha sido o bastante; sabia o quanto seria perigoso para Amani ir lá sozinha, em particular numa época dessas. As coisas ficavam cada vez mais repressivas, e sua visita podia chamar mais atenção para ele, resultando no desaparecimento de sua radiografia também naquele hospital. Suas opções faiscavam e sumiam diante dele, perdia uma depois da outra. Apoiou os cotovelos na mesa e enterrou a testa na palma das mãos. A menção ao Hospital Zéfiro o lembrou do médico de farda militar que perguntara sobre ele no escritório um tempo atrás. Amani não tinha mais informações além do que havia escrito em sua carta; o homem chegara misteriosamente e fora embora minutos depois. Não tinha deixado um cartão de visitas nem número telefônico, nada além do nome do lugar onde trabalhava, que agora estava gravado em sua mente.

Nagy tentou romper o silêncio despreocupadamente e contou que Ehab tinha se oferecido para ir com Amani – na verdade, ele insistira nisso. Como Yehya, ele tinha receio de que o temperamento difícil de Amani se inflamasse rapidamente e esperava que ela ficasse irritada com a insistência de Ehab, estava com medo de colocar em risco todo o plano. No entanto, embora permanecesse tensa, Amani não se aborreceu. Ela estava menos preocupada com Ehab e mais temerosa de que algo estragasse essa oportunidade. Passara a ser a única esperança de Yehya quando todos os outros caminhos estavam bloqueados. Amani sabia que o sucesso deles dependia de ela fazer com que sua ida ao hospital fosse rotineira e inocente, só uma solicitação comum. Precisava agir de forma que perguntar pela radiografia aos funcionários do hospital desse a impressão de algo sem importância nenhuma, nada alarmante, o tipo de pedido que muita gente fez antes dela, sem nenhuma complicação.

Amani concordou com a ida de Ehab, mas enfatizou para Nagy que, se ela não encontrasse problema nenhum, Ehab precisava guardar distância dela e só interferir se fosse absolutamente necessário. A tensão na conversa amainou, e Yehya pediu a Amani que evitasse o médico do Zéfiro que tinha ido ao escritório e podia reconhecer seu rosto.

Amani pagou a conta, derrotando os dois com tranquilidade; ela era a única entre eles que ainda tinha um emprego fixo e uma renda confiável. Nagy ficou em seu lugar olhando pela janela a cafeteria do outro lado da rua enquanto Yehya ia ao banheiro. Lá, ele examinou atentamente sua roupa íntima e a puxou para cima depois de contar os círculos concêntricos de sangue. Havia dois anéis recentes. Colocou a cabeça embaixo da torneira, deixou que a água escorresse e encontrou os outros dois na porta.

A cada notícia do desaparecimento de outro cidadão, Ines ficava mais ansiosa. Ela não deixava seu lugar por mais de um minuto, e Um Mabrouk começou a mandar Mabrouk lhe trazer o café da manhã todos os dias, assim ela não desmaiaria de fome. Ines nunca imaginou que cairia vítima do medo desse jeito, depois de se considerar por muito tempo uma das pessoas mais resolutas e resistentes. Morara sozinha em um apartamento grande por muitos anos, tinha feito a universidade e concluído seus estudos em paz, sem ninguém para cuidar dela, depois se candidatara a empregos e tinha sido a primeira da turma a conseguir trabalho. Ela ultrapassou com habilidade as outras mulheres de seu grupo; foi contratada primeiro, conseguiu um cargo permanente primeiro e recebeu uma bonificação melhor. Era conhecida por sua impecável reputação no magistério, amada pelos alunos e também pelos pais, que sempre ficaram impressionados com sua dedicação.

Entretanto, apesar deste histórico imaculado, as coisas mudaram da noite para o dia. Seu primeiro erro a levara ao Portão contra a sua vontade, e ela não sabia onde terminaria como resultado do segundo. Logo talvez não passasse de uma nota à margem dos números crescentes de desemprego. Ela era assombrada por devaneios, imaginava uma fotografia de si mesma de lenço turquesa impressa em um dos folhetos de desaparecidos, que sua mãe distribuiria na fila e entregaria com tristeza às pessoas que aguardavam.

Seus pais nunca a perdoariam se a mãe tivesse de voltar do Golfo por causa dela, se ela fosse o motivo para eles perderem o emprego e seus bons salários em rial. E se Ines manchasse o nome da família, podia resultar no divórcio para a irmã, que seria obrigada a deixar a casa do marido e levar os filhos. Ela culparia Ines por tudo que ela fez, embora não tenha sido intencional. Nem em seus piores pesadelos ela viu as coisas terminarem daquele jeito. Ela jamais teve a intenção de fazer observações depreciativas a respeito de Shalaby, do primo dele, ou da unidade da guarda a que ele pertencia. Se soubesse que o diálogo seria transmitido às autoridades atrás do Portão, só a menção do nome dele teria lhe dado arrepios, ela nunca teria aberto a boca, antes de tudo, e não teria ignorado os conselhos de Um Mabrouk.

O GRANDE XEQUE

O boicote contra a Telecomunicações Violeta sofreu um duro golpe nas mãos do Grande Xeque, que emitiu uma *fatwa* declarando-o inadmissível por prejudicar os interesses econômicos do país e de seu povo. Também criminalizava os boicotes que afetavam negativamente empresas de propriedade dos crentes tementes a Deus. A *fatwa* declarava que, se alguém insultasse a religião de qualquer maneira, não seria apenas permitido boicotar e ignorar, seria também um dever religioso. Concluía dizendo que os crentes deviam continuar a tratar os irmãos de forma caridosa, mesmo que isto lhes trouxesse dificuldades ou os colocasse em perigo.

O homem da *galabeya* foi o primeiro a adotar a *fatwa* do Grande Xeque: arrumou um microfone, colocou-se junto da fila e leu a declaração em voz alta, a partir de uma cópia que tinha nas mãos. Desligou seu telefone e o colocou no bolso interno do peito para que não chamasse atenção; a mulher de cabelo curto o havia acusado recentemente, na frente de todos, de desacreditar a campanha de boicote para defender a Telecomunicações Violeta, enquanto ele próprio usava outra rede telefônica em segredo. Ela descobrira que ele não havia sido afetado em nada pelas medidas de vigilância da Telecomunicações Violeta e – mais importante – que ele era dono de muitas ações da empresa.

Depois de concluir a leitura lenta e deliberada, ele anunciou com entusiasmo que dedicaria a lição da semana seguinte à "vontade de Deus", para iniciar as pessoas nas *fatwas* e explicar sua importância. Incentivou as pessoas que aderiram à campanha de boicote a comparecer a sua aula, ouvir e fazer uso do que ele dizia, e no fundo ele esperava que Deus permitisse que fosse ele a inspirá-los a dar as costas à tentação e abraçar a verdade.

Ehab não ouviu a *fatwa*, mas logo encontrou uma cópia em uma folha de papel desbotada com bordas desgastadas.

Do Comitê de Racionalizações e Fatwa, no quinto dia deste mês venerável:

À luz da reunião de hoje e pelo presente, o Comitê anuncia esta fatwa a toda a nação, para evitar os conflitos civis e seus males e preservar a integridade do país. Para impedir que aqueles de fé sucumbam aos pecados aos olhos do Deus Todo-poderoso, todos os crentes devem verificar qualquer notícia antes de dar-lhe algum crédito, e todos aqueles que fazem alegações devem consubstanciar suas afirmativas com provas, uma vez que espalham falsas alegações e, portanto, corrupção. Os crentes não boicotarão seus irmãos, não lhes provocarão sofrimento financeiro ou dor emocional e não chamarão outros para tomar tais medidas, pois este é um dos mais graves pecados, a não ser que feito em apoio à religião. Um crente que é fraco de fé e não se une a seus irmãos é culpado de um pecado, que será pesado no Dia do Juízo. Este pecado pode ser absolvido pelo jejum, ou dando sete telefonemas consecutivos, em que eles estejam separados por no máximo um mês. Nosso Livro declara esta verdade a vocês. Que Deus os leve ao caminho da retidão e que Sua paz, Suas bênçãos e Sua misericórdia caiam sobre vocês.

[Assinatura do Grande Xeque e uma data ilegível]

Ehab dobrou a folha de papel e colocou dentro de seu bloco, depois escreveu a hora da lição na última página, aquela cheia de listas de números, datas e nomes. Ele se afastou, decidido a comparecer à lição e registrar que sabedoria o homem da *galabeya* daria aos discípulos. Perguntou-se como o homem responderia às perguntas deles e àquelas do próprio Ehab, que ele também escreveu no bloco, sublinhando várias vezes as que considerava mais importantes.

Depois das orações de abertura, de apelos pela proteção contra Satanás e suas maquinações cruéis e de súplicas para que seus adeptos fossem poupados da danação eterna, o homem da *galabeya* começou um discurso inflamado. Falou da necessidade de verificar cada palavra que alguém pronuncia e insistiu que o comportamento de um crente e suas decisões não podem ser baseados na dúvida. Não disse uma só palavra sem apoiá-la com passagens das escrituras e conquistou a maioria das pessoas, em especial aquelas que tinham vindo de fora da fila pela primeira vez. Muitos choraram durante a lição, inclusive Um Mabrouk. Ela percebeu que grande parte de sua falta de sorte não se devia à cólera divina com sua personalidade, mas com toda a humanidade, por causa daqueles que tinham abandonado os ensinamentos da religião e cedido aos cochichos de Satanás. Ela chorou ainda mais quando o homem recitou sonoramente uma passagem do Livro Maior que advertia sobre não dizer inverdades sobre os outros ou transmitir falsos rumores e sentiu, quando ele explicou a passagem, que a fala era dirigida a ela. Suas lágrimas escorriam pelo rosto, e ela jurou para si mesma, arrependida, que abandonaria o boicote ao celular e, em vez disso, apenas manteria a campanha contra a fábrica de doces, porque tinha visto com os próprios olhos os doces destruídos por Shalaby. O homem da *galabeya* também expressou parte de suas opiniões teológicas sobre a *fatwa*. Disse que era direito de um pai – e daqueles na posição e nível de um pai – vigiar seus filhos, usando de todos os meios disponíveis. Isto não podia ser considerado uma infração à privacidade, acrescentou ele, e encerrou o discurso dizendo que cidadãos honestos nada tinham a esconder de seus guardiães.

Ines apareceu no final da lição usando um véu branco e solto que caía pela metade da barriga, escondendo os seios. Depois que as pessoas se dispersaram da frente da fila e se reuniram em volta do homem, ela tentou passar os conselhos da lição à mulher de cabelo curto, que observava de longe. Tinha esperanças de dissuadi-la de continuar a campanha, mas não teve nenhum sucesso. A mulher de cabelo curto redobrou os esforços e no dia seguinte imprimiu panfletos oposicionistas respondendo às alegações feitas pelo homem da *galabeya* e declarou que continuaria a campanha. Ehab a ajudou a fazer um esboço do texto e, junto da declaração dela, eles incluíram outra passagem do Livro Maior, que instava a respeitar e defender a privacidade pessoal. Ele escreveu um artigo contundente e bem pesquisado sobre a campanha – seus fundamentos e implicações, e quantas pessoas se uniam a ela toda semana –, mas o jornal não publicou. Em vez disso, ele recebeu um aviso severo a respeito de "fabricação de notícias". O editor-chefe lhe passou um sermão, dizendo como era necessário buscar a exatidão e a honestidade em tudo que ele escrevia. Depois avisou Ehab para não ceder à ambição e não tentar alcançar ganhos profissionais ou financeiros à custa da ética e dos princípios jornalísticos.

O homem da *galabeya* intensificou suas lições em resposta aos panfletos, tornando cada uma delas maior do que a anterior. Logo depois disso, foi ouvido falando ao celular enquanto beliscava os dedos do pé direito, repetindo que tinha feito tudo que podia. Ele disse ao interlocutor que queria comprar um cavalo e percorrer a fila de um lado a outro, de norte a sul, para dar várias lições em um dia. Podia disseminar a *fatwa*, moderar a influência da mulher de cabelo curto e alcançar uma recompensa celestial maior. Também foi ouvido confirmando que a proibição de entrada de carros na rua continuaria em vigor durante meses, talvez até anos, e lamentando que seus pés não lhe permitissem ir muito longe.

CINCO

Documento Nº 5

A resposta do Portão

Tarek passou muitas noites inquietas experimentando toda sorte de sedativos e comprimidos para dormir até que os colegas comentaram sobre a quantidade perigosa que ele requisitava da farmácia. Ele os ignorou, a mente ainda preocupada com o destino de Yehya, tão consumida por suas dificuldades que, a certa altura, ele engoliu meia cartela de comprimidos de uma vez só. Ainda assim, não conseguia dormir. Sabah, que temporariamente administrava as enfermeiras, notou sua aflição e assumiu a tarefa de afastá-lo dos pacientes, em particular nos dias em que ele chegava ao hospital com olheiras escuras. Ela o vigiava disfarçadamente e depois o procurava, lembrando-lhe a visita daquele estranho oficial que ele recebera na manhã depois dos Eventos Execráveis. Ela revelou que sabia muito a respeito do paciente dele, aquele de nome Yehya Gad el-Rab Saeed – na verdade, sabia bastante. Mas, apesar de tudo que sabia, ela decidira ficar de boca fechada e guardar bem o segredo dele. Agora tinha algo contra Tarek. Sabia que, se ele notasse qualquer desvio de comportamento da parte dela depois disso, não se atreveria a mencionar. Era do interesse dos dois trabalharem juntos, que um apagasse os rastros do outro.

Sabah de imediato tirou proveito da leniência de Tarek em relação a ela. Saiu do trabalho cedo naquele dia, enquanto Tarek foi até o confortável sofá no canto de sua sala, esticou-se e fechou os olhos. Mergulhou em uma luta desesperada para dormir, pressionando o encosto do sofá, depois se virando de frente para ele, dobrando os joelhos e se enroscando em posição fetal, em seguida colocando-se de costas, com as pernas esticadas no braço, fitando o teto. Dando com o fracasso, como acontecia sempre que tentava dormir atualmente, ele se levantou. Foi à mesa, pegou a chave da última gaveta e retirou o arquivo. Seus papéis estavam rasgados e desgastados devido à frequência com que ele os manuseava.

O quinto documento não continha nada além de um quadrado grande, do tamanho da página, amarela como todas as outras folhas de papel. Não continha uma só palavra e continuava vazio e imaculado. Por tantas vezes ele teve esperança de abrir o arquivo e encontrar uma ou duas frases impressas ali, do mesmo modo como todos os outros papéis que ele lia repetidas vezes foram inexplicavelmente atualizados. Mas ele sabia que este continuaria em branco, esperaria que Yehya recebesse ou uma permissão para retirar a bala, ou uma rejeição oficial. A essa altura, era praticamente impossível haver permissão para a cirurgia. E se ele recebesse uma rejeição, o arquivo seria fechado e lacrado com fita vermelha para sempre.

O retângulo se misturava com o Portão em sua mente, a semelhança era avassaladora. Vasto e vago, capaz de conter tanta coisa. Tudo no mundo dele era determinado pelo Portão, vinculado a suas decisões. O futuro dele dependia do Portão, assim como a vida de Yehya, a vida de seus amigos, a vida de outras incontáveis pessoas. Se ele dormia ou ficava acordado, não se deixava perturbar ou era infeliz, tudo dependia do Portão – até seu trabalho, que tinha sido afetado pelo fechamento da radiologia. E agora Sabah o chantageava, obrigando-o a se alinhar com ela. Não havia dúvida de que a vida agora era mais restritiva, embora tivessem prometido exatamente o contrário quando o Portão apareceu, e todos se rejubilaram. Disseram que o Portão tornaria tudo mais fácil, que traria paz, alegria e segurança a cada um dos cidadãos. Ele era um cidadão zeloso, mas agora estava claro que aquelas promessas eram vazias. O espaço na página ficava maior diante de seus olhos, envolvendo-o, como se o engolisse inteiro e o aprisionasse dentro dele. Sua cabeça baixou e as pálpebras começaram a se fechar, depois ele impulsivamente virou a folha de papel, enterrou a cabeça nos braços e adormeceu.

O HOSPITAL ZÉFIRO

Amani acordou cedo. Escolheu uma calça jeans simples e um casaco que não chamaria atenção, mas também teve o cuidado de não dar a impressão de que era pobre ou estava em situação precária. As autoridades públicas tinham aversão a atender a pobres iguais a eles, mesmo em um hospital como o Zéfiro, onde as coisas deviam ser diferentes. Diante do espelho, ela ensaiou as maneiras que usava com os clientes no trabalho, ajeitou a voz em um tom que beirava o oficial e praticou um sorriso leve e simpático nos lábios finos. Tranquilizada com sua aparência, ela saiu do apartamento.

Um guarda da Força de Ocultação a deteve nas portas do hospital e pediu sua identidade. Orientou-a à mesa de investigações e instruções, onde ela deixou a carteira de identidade e pegou um cartão temporário. Ela foi à placa principal com sua lista de nomes e setas e dali ao Departamento de Cirurgia, acompanhando placas que a levaram por um corredor comprido com saída para outros departamentos, ramificando-se dos dois lados.

O piso era coberto do que parecia borracha; era escuro e de uma cor indefinida, e o teto era alto. As paredes cinza opacas quase pareciam prender a sombra das pessoas que passavam diante delas e aparentavam ser ainda mais imponentes assomando sobre Amani. Ela sentiu um frio no ar, e tremores percorreram seu corpo, apesar do suor que começava a se formar pela linha do cabelo. Vários médicos de jaleco branco com crachás característicos passaram por ela aos sussurros, mas ela não viu o médico que a havia visitado no escritório e ficou um pouco tranquilizada com isso. Olhou para trás; era a única pessoa no corredor. A última placa apontava para o Departamento de Cirurgia, e ela virou no corredor, continuando até chegar à sala do secretário, onde parou e invocou toda a coragem que tinha.

Ela se colocou em silêncio na frente do funcionário; ele estava ocupado com um caderno grosso que tinha aberto diante de si. Os olhos de Amani correram pela escrita nos formulários, em busca de uma palavra sobre Yehya, mas ela não estava acostumada a ler de cabeça para baixo. Ele notou as tentativas e fechou rapidamente o caderno, levantando a mão para ela, e perguntou o que queria parada ali. O sorriso rápido e forçado de Amani parece não ter tido efeito nenhum.

– Bom dia. Preciso de uma cópia de uma radiografia que foi trazida para cá cerca de dois meses atrás.

– Qual é o seu nome?

– Na verdade, não está no meu nome, é para Yehya Gad el-Rab Saeed.

– Qual é o parentesco?

– Ele é meu primo... filho da irmã de minha mãe.

– Tem autorização para pegá-la?

– Não, na verdade... eu a perdi.

– Não podemos entregar uma radiografia a qualquer um que entra aqui. Nem mesmo se pertencer a ele, não sem autorização.

– Mas ele realmente precisa dela, o médico pediu, disse que ele precisa da radiografia o mais rápido possível, e é muito difícil para ele esperar por outros raios X, tem muita gente na frente, e ele terá de esperar talvez um mês inteiro até chegar a vez dele... Por favor, pode me ajudar? Eu farei qualquer coisa.

Ele a olhou com desinteresse, depois abriu novamente o caderno e percorreu os nomes. Perguntou a ela se conseguia se lembrar da data da admissão de Yehya, com uma ou duas semanas de proximidade. Ela conseguiu, mas, quando procurou novamente, ele percebeu que o período de tempo de que ela falou incluía quatro dias que não tiveram entrada no livro. Os olhos dele se estreitaram, quase com maldade, ele se levantou e estendeu a mão para um armário imenso. Com dificuldade, retirou um arquivo de tamanho médio metido entre as enormes pastas e correu o dedo por uma lista de nomes na frente.

— O nome dele está aqui. Ele foi ferido nos Eventos Execráveis. Você deveria ter dito isso desde o início.

— Só vim procurar a radiografia, para ser sincera, é só isso... Não sei de nada a respeito do resto... Acha que posso conseguir? Por favor?

— É claro que não. Primeiro, você precisa de um formulário especial para casos assim, assinado pelo médico que tratou dele aqui, depois você terá de me trazer a autorização do próprio diretor, com o carimbo dele e do hospital. Segundo, *ya madam*, não tenho a radiografia. Está no Departamento de Arquivo no quinto andar e, só para sua informação, ninguém tem permissão de entrar lá.

A cor abandonou o rosto dela; o funcionário sabia como Yehya tinha sido ferido. A tentativa dela de aparentar desconhecimento foi um fracasso, mas Amani manteve a compostura, recusando-se a se deixar derrotar com tal rapidez e decidiu seguir até o fim. Pediu a ele o nome do médico que atendera ao caso de Yehya e onde ele poderia ser encontrado. Ele rasgou uma tira de papel do canto de um rolo que por acaso estava por perto, escreveu alguma coisa, dobrou e entregou-lhe. Despediu-se dela com um olhar de zombaria, e Amani saiu, apressada. Só abriu o pedaço de papel quando estava longe da janela e tinha certeza de não se encontrar mais ao alcance do olhar de desdém dele, que parecia perfurá-la inteira. *Dr. Safwat Kamel Abdel Azeem – Quarto andar, Casos Especiais.* Ela colocou a tira de papel no bolso interno da bolsa e pegou o celular, viu várias ligações perdidas, todas do mesmo número. Ligou para o número, e uma voz desconhecida atendeu do outro lado.

– Amani? Aqui é Ehab, amigo de Yehya e Nagy. Você está bem?
– Estou ótima. Mas você ligou na hora certa. Está no hospital?
– Na frente dele. Precisa de ajuda?
– Acho que sim.
– Muito bem, vou me encontrar com você na entrada. Estou de camisa azul-clara e óculos escuros, e estarei segurando um jornal.

Amani apressou o passo pelo corredor até o saguão. Sentiu alívio por não lidar mais com a situação sozinha. De longe, observou a entrada, fingindo falar ao telefone, para que ninguém da equipe perguntasse o que ela estava fazendo, nem se oferecesse para mostrar que ela talvez estivesse perdida. Ehab apareceu alguns minutos depois. Foi à Mesa de Investigações e Instruções e lhes mostrou sua identidade, mas, depois de ficar parado diante do funcionário pelo que pareceu um século, evidentemente se exasperou com a conversa. Amani começou a se preocupar, e seu coração se acelerou quando ela viu Ehab brigar com o homem e outros funcionários atrás do balcão.

Ela viu vários guardas chegarem às pressas, gritando com Ehab, e eles não o levaram exatamente, mas o carregaram pelas mãos e os pés à porta do hospital, jogando-o para fora. Um anúncio metálico teve eco pelo saguão, transmitido repetidamente pelo intercomunicador, pedindo que ela, Amani Sayed Ibrahim, fosse imediatamente à Mesa de Investigações e Instruções. Agora ela estava de volta à primeira casa, talvez até nem tenha entrado no tabuleiro de jogo. A Força de Ocultação era treinada para pegar quem tentasse se infiltrar no lugar e, se ela respondesse ao anúncio, eles a expulsariam dali também. Desvairada, torceu para que o funcionário mudasse de ideia e a deixasse ficar com a radiografia, fosse por solidariedade ou cumplicidade, mas sabia que isso era impossível. Precisava agir de forma decisiva e sem medo. Não tinha tempo para pesar as opções e não havia como saber o que era melhor. Ela abandonou a ideia de que Ehab voltaria e tirou da cabeça a esperança de uma súbita gentileza por parte do funcionário. Se queria a radiografia, teria de consegui-la sozinha.

Ela olhou em volta. Ninguém a seguia, e ela foi até o elevador enquanto o anúncio era repetido pela décima vez. Apertou o botão e lentamente saiu no quinto andar quando as portas se abriram. Seus olhos vagaram pelo espaço largo e despojado, parecia que tinham retirado tudo que um dia ele conteve. Não havia gente, nem cadeiras, nem mesmo placas como aquelas que ela seguiu no andar térreo, passando por alas hospitalares, salas e funcionários. Absolutamente nada. Ela examinou o teto alto enquanto as portas do elevador entravam em movimento e se fechavam a suas costas. Havia uma porta ligada ao saguão, e ela cautelosamente passou por ali, andando pelos corredores estreitos até notar uma porta fechada. Esta, ela percebeu de súbito, era a que procurava. Ao lado da porta havia uma placa cor-de-rosa feita de um metal estranho e brilhante e, gravados na placa, os dizeres **DEPARTAMENTO DE ARQUIVOS DE BALAS CRÍTICAS**. Ela segurou a maçaneta fria de metal da porta, mas não houve tempo suficiente; o elevador se abriu de novo, e vozes furiosas se atropelaram num clamor. Ela não conseguiu entender nada do que diziam, mas reconheceu um rosto na confusão, o rosto de alguém que ela torcia para nunca mais ver num momento como aquele.

Ehab tentou voltar para dentro do Zéfiro, mas era impossível. Colaram uma fotocópia ampliada de sua carteira de identidade na entrada e a distribuíram à Força de Ocultação. Ele foi para a sede do jornal, onde se reuniu com o editor e o informou sobre o que acontecera, depois partiu para a fila em busca de Nagy. Não queria contar a Yehya o que tinha havido por não querer preocupá-lo, especialmente porque Ehab não tinha nada de tranquilizador a dizer. Depois da escaramuça no saguão e de ser expulso do hospital, ele não tinha nada de bom para contar, e agora o telefone de Amani também estava sem serviço. Ele e Nagy saíram da fila juntos, sem que Yehya visse, e foram ao apartamento de Amani. Bateram na porta por quase 15 minutos, até que o *bawab* apareceu para dizer que não a via desde aquela manhã. Provavelmente ela ainda estava no trabalho, disse o velho porteiro, e convidou os dois a esperar com ele na frente do prédio até que ela voltasse.

Eles se sentaram com o *bawab* por muito tempo enquanto ele preparava chá, pegava cigarros no bolso e colocava diante deles, depois contava sobre o prédio que ele protegia desde que era um menino. Quando chegou, o distrito era uma área vasta e distante, não havia outras construções, nem gente – só esta, seus moradores e o deserto do lado de fora. O distrito habitado mais próximo ficava alguns quilômetros além pela via expressa. Mas o lugar que ele conheceu desaparecera havia muito tempo. Brotaram edifícios altos, muitas pessoas chegaram e se acomodaram ali, mercados se abriram, e a região agora estourava as costuras. Ele soltou um suspiro penoso e gesticulou para longe, com a mão de veias salientes, dizendo que ainda havia um lote de terra vazio lá fora, desocupado e imenso. Ehab ficou animado, porque conhecia o terreno a que o porteiro se referia: agora estava sob o domínio do Portão. O velho riu e tossiu, soltou uma baforada de fumaça e acrescentou que, embora tivessem se passado muitos anos, as pessoas ainda relutavam em comprá-lo devido ao passado do lugar. Todo mundo sabia o que existira ali antigamente: um centro de detenção do qual jamais saía quem entrava, nem mesmo depois de décadas.

O velho disse que a região tinha mudado muito desde o aparecimento do Portão e ainda mais depois que ele se fechou, e a fila se formou por perto. Na época em que o Portão ainda estava aberto, sempre havia um enorme tumulto durante o horário de trabalho, muita gente gritando. Mas, quando seu trabalho terminou, tudo ficou mortalmente silencioso e não se ouvia nem uma voz, como se ninguém jamais tivesse entrado e nem saísse. Com o passar do tempo, ele lhes contou, as pessoas diziam que o clima na área sempre era estranhamente sufocante – mas só em volta do Portão – e que às vezes acontecia de o sol nascer *e se pôr* no Edifício Norte, talvez curvando-se ao que acontecia ali dentro. Quem passava por ele ficava cada vez mais receoso e nem agia normalmente quando estava perto, em especial depois dos Eventos Execráveis.

Ele se curvou um pouco mais para perto, depois de concluir que podia confiar nos dois, e cochichou que Amani tinha ido ao Hospital Zéfiro, que o Hospital Zéfiro pertencia ao Portão e que ele suspeitava do trabalho dela, e de seu envolvimento naqueles Eventos de que as pessoas falavam. Na noite após os Eventos, ela só voltara para casa depois da meia-noite, o que era incomum, e em várias ocasiões umas pessoas de organizações estranhas vieram procurar por ela, embora nunca tenham pedido para falar diretamente com Amani.

Eles esperaram o dia todo na frente do prédio, mas Amani tinha desaparecido. Nagy e Ehab voltaram à fila à procura de Yehya, tomados de uma desesperança maior do que nunca. Ambos se sentiam culpados por não terem acompanhado Amani desde o começo. Quando ouviu a notícia, Um Mabrouk imediatamente decidiu distribuir panfletos; Abbas os desenhou em troca de alguns telefonemas, wafers e suco, e assinou na base, como sempre. Fez cópias em um serviço de fotocópia próxima, cujo dono lhe devia um favor, e entregou a ela cem panfletos. O panfleto mostrava uma antiga foto de Amani, porque Um Mabrouk não tinha nenhuma recente. Abbas escreveu seu nome completo com muito cuidado, seguido pelos dizeres padrão para casos como esse: um apelo ao Portão para intervir, encontrar a pessoa e investigar as estranhas circunstâncias que cercavam seu desaparecimento. Um Mabrouk colocou os panfletos ao lado de suas mercadorias, gemendo e lamentando sua eterna falta de sorte, e explicando – mesmo na ausência de clientes – que Amani era como uma filha para ela. Quando enterrara a filha mais velha um dia depois de sua morte, Amani viera de muito longe, chorara como ninguém jamais havia chorado e só fora para casa quando o velório tinha acabado e todas as luzes estavam apagadas.

O NADA

O homem a interrogou sobre seu nome, idade, estado civil, nível de escolaridade, profissão e endereço residencial, mas estava claro que já sabia todas as respostas. Depois se recostou, afastando-se da mesa, e perguntou o que Amani fazia no quinto andar, sabendo que era área restrita. Ela tentou ao máximo continuar calma e educada, e pediu desculpas. Não estava familiarizada com o lugar, disse, só queria pegar a radiografia do primo e estava ficando tarde para a consulta deles com o médico. Ele marcou de encontrá-la e contaria a sua família, acrescentou ela, que sem dúvida estava doente de preocupação porque ela não tinha telefonado. Amani estava de pé no meio da sala da placa rosa, aonde a levaram depois de a acharem. A sala estava cheia de pastas de arquivo em pilhas tão altas que ela não conseguia ver as paredes. Sentiu um medo vago, e a sensação de que estava em um lugar em que não deveria, mas confiava que conseguiria sair dali pela conversa, e seus pensamentos mantiveram-se firmes em Yehya e na ajuda a ele. O homem não disse nada. Alguém que ela não conseguia ver apareceu por trás e parou diante dele, dirigindo-se ao homem com um respeito efusivo.

— Safwat *basha*, não existe nenhum arquivo com o nome de Yehya Gad el-Rab Saeed aqui, senhor.

— Isto deve ser suficiente para você — disse ele a Amani. — Não temos arquivos com este nome aqui, então não se meta em problemas e não crie problemas para mim também.

– Mas eu sei que ele foi transferido para cá, para o Hospital Zéfiro, e saiu dois dias depois.

– Ótimo. Então, claramente ele não teve motivos para ficar e não precisou de tratamento.

Em resposta, ela elevou a voz; o comentário dele a provocou, deixando-a furiosa ao perceber que ele estava gostando de brincar com ela.

– Não, ele precisava de muita coisa... Tinha uma bala em sua pelve, uma bala de quando ele foi atingido durante os Eventos Execráveis.

O homem com a cara pétrea levantou-se de sua cadeira, alto e largo, depois bateu o punho na mesa com um estrondo. As pastas se sacudiram nas prateleiras, e algumas caíram no chão.

– Ninguém foi ferido por nenhuma bala naquele dia, nem no dia seguinte, nem em qualquer outro dia, está me entendendo?

Ela recuou um passo, mas perdeu a calma. Seu autocontrole se desfez, e ela lhe respondeu aos gritos.

– Mentira! Ele está ferido, e a bala ainda está no corpo dele, e assim que fizerem a cirurgia e ele tiver a bala na mão, vai contar a todos quem atirou nele, e então vocês terão sua prova!

O silêncio pairou no ar, ela só ouvia a batida do próprio coração, enquanto as veias dos dois lados de sua testa incharam, e tremores subiram e desceram pelos braços. Ela respirava acelerado, como que preparada para se defender de um ataque iminente.

O nada. Ela não foi vendada, mas só o que conseguia enxergar era a escuridão. Retirou as mãos do rosto... Nada. Não ouviu vozes, suas mãos não tatearam paredes, nem colunas, nem grades. Ela não viu nem sentiu nada, só o chão sólido abaixo dela, onde estava de pé, sentada ou dormindo. Talvez fosse só terra também. Ela andou para todo lado, mas não encontrou nada além de um vazio. Tentou gritar, ficar em silêncio e procurar por outras vozes, praguejar e amaldiçoar cada pessoa que merecesse ser punida por prejudicá-la. Ou mesmo só citá-las. O Portão e as pessoas que o governavam. A Telecomunicações Violeta. O Grande Xeque. E então ela retirou tudo isso e pediu perdão, rebelou-se e depois suplicou, encheu-se de coragem, depois se desfez em pranto. Mas tudo continuava do mesmo jeito: o nada.

Ela não sabia como havia chegado a esse vazio, quanto tempo tinha se passado ou se o tempo passara de alguma forma. Repetidas vezes tentou deixar que o sono a dominasse, para despertar daquele nada. Ela queria acordar para outra coisa, tudo, menos isso. Queria ver cores, ou um único ponto de luz, mesmo que fosse apenas em sonhos, mas seus sonhos a abandonaram, até os devaneios. Primeiro as cores se esvaíram de sua imaginação, em seguida foi a luz, e assim sua mente também ficou escura. Aos poucos, ela começou a se esquecer de rostos: o da mãe, o de Yehya, o do chefe. Os detalhes conhecidos de seus rostos ficaram vagos até que eles não tinham feições. Seria possível que sua própria memória tivesse sido roubada dela? Que ela perderia para sempre as imagens que viveram tanto tempo em sua mente? Ela não tinha nada para tocar além do próprio corpo, não conseguia ouvir nada além da própria voz quando soltava algum som. Só o que tinha era este chão estranho. Ele não tinha a frieza da pedra, nem a sensação da madeira quando ela andava, nem a textura de tapete, nem de nenhum outro material. Ela se abaixou e levou o nariz para perto, mas também não tinha cheiro; ela percebeu que não conseguia sentir o cheiro dele, não sentia o cheiro de nada, nem de seu suor, nem das roupas que vestia. O que tinha acontecido com suas roupas? Não estava mais com a calça jeans e o casaco, não tinha sua bolsa. Seria possível que eles a tivessem retirado da face da Terra, mandado para o espaço e a deixado nua em um planeta desabitado e escuro? O que tinha acontecido com ela antes de ter despertado e se encontrar ali? Ela abriu os olhos, primeiro um, depois o outro, forçando as pálpebras com os dedos, depois tocou as coxas, os seios e entre as pernas, verificando se eles não tinham... Ela gritou e gritou, jurou que nunca mais se oporia a eles, pediu perdão e depois, por desespero, prometeu que nunca mais veria Yehya. Sentiu o corpo tremer e os músculos do rosto se contraírem. As coisas nunca mais voltariam ao que eram. Ela tentou abrir a boca, com esforço, depois disse que tinha mentido. Admitiu que ele não era seu primo, que não estava esperando por ela, não ia contar à família dela, ela nem mesmo tinha família. Ainda assim, nada. A cada momento que passava, mais ela se aproximava da beira do colapso. Não conseguia mais compor um pensamento racional, nem inventar possibilidades, não do jeito que sempre conseguiu. Parecia que o tempo tinha parado, e ela foi jogada em um poço de loucura.

Ela desejou que batessem nela, disse que estava pronta para ser torturada, bateu na própria cara com as mãos, até que as maçãs do rosto ficaram dormentes, e mordeu os lábios para sentir o próprio sangue na boca, mas não tinha gosto de nada. De novo, nada. Talvez de fato ela não fosse nada, nem mesmo existisse. Ou talvez ela fosse se desintegrar ali, dissolvendo-se lentamente até se transformar em inexistência... tornar-se nada. Já começava a desaparecer: suas lágrimas foram a primeira parte dela a sumir. Ela tentou resistir a isso; fechou os olhos com força, pensou em si mesma morrendo ali, para se obrigar a chorar, mas as lágrimas não vinham. Tinham desaparecido. Evaporado. A primeira parte dela sumira; logo chegaria a vez do resto. Ela se sentou e se envolveu com os braços, esperando desaparecer completamente.

Yehya passou dias angustiado. Toda manhã e fim de tarde saía da fila e ia ao apartamento de Amani e, apesar da forte dor na lateral do corpo, passava horas procurando pelas ruas vizinhas, buscava por ela em meio à multidão. Nagy o proibiu de ir ao Hospital Zéfiro, convencendo-o de que não havia nada a ganhar indo até lá. Se ele fosse, também desapareceria, a bala dentro dele seria perdida, e tudo que ele suportara nesses últimos meses não teria servido de nada. Yehya sabia que Amani era forte e ficaria firme, mas também sabia que a coragem dela cedia à imprudência quando se enfurecia, o que inevitavelmente a metia em mais problemas. O jornal de Ehab imprimiu uma nota, mas foi breve e vaga; Um Mabrouk ficou sem panfletos em questão de horas e, embora Shalaby tivesse se oferecido para perguntar aos companheiros guardas de sua antiga Força Auxiliar sobre o destino de pessoas que desapareceram recentemente, nenhuma das respostas que recebeu fez sentido para ele, e nenhum deles podia ajudar.

Ela saiu na manhã seguinte, ou melhor, não saiu, ela se viu em um túnel. Seguiu por toda a sua extensão até a saída, não muito longe da Cabine. Dali, foi à rua principal, depois pegou um micro-ônibus. Saltou muito longe de casa e fez o resto do caminho a pé, subindo a escada de seu prédio em silêncio para que o porteiro não notasse sua presença. Nada tinha mudado. Suas roupas ainda estavam ali, os sapatos, jogados no chão, onde ela os deixara, a panela, na pia, o sanduíche de ovo meio devorado, na mesa, envelhecendo. Parecia que seus sentidos voltavam a funcionar, mas ela precisava ter certeza. Ela abriu o freezer e foi atingida por uma mistura de cheiros, descascou alho, acendeu cada luz do apartamento e examinou o tapete de lã no chão, permitindo que os olhos absorvessem todas as suas cores. Por fim, hesitante, aproximou-se do espelho grande no banheiro. Deteve-se, com medo de olhar nele e encontrar apenas uma sombra escura de si mesma. Olhou a palma das mãos, virou-as, abriu os dedos das mãos e dos pés. E então, de súbito, deu um salto para o espelho, como quem mergulha no mar. Viu seu rosto: fatigado e cinzento, mas inteiro, olhos, nariz e boca, seu cabelo; a imagem era dela.

Na bolsa, encontrou uma pilha de fotografias. Havia uma foto dela correndo para Yehya enquanto ele era baleado e uma foto dela na segunda rodada de embates, aqueles que o Portão negou um dia terem acontecido. Nesta foto, ela corria pela Zona Restrita e capturaram seu rosto com tanta nitidez que não podia haver dúvidas de que era ela. Em outra fotografia, ela estava com Yehya e Nagy na cafeteria, com o prato de *fuul* diante de si. Havia muitas fotos de cada movimento dela, e Amani não sabia quem as havia tirado. Mas nada mais a surpreendia. A última foto era completamente preta, como se sofresse exposição enquanto era revelada, e ela refletiu que, apesar de uma vigilância tão sofisticada, eles ainda usavam câmeras com película.

Amani ficou em casa por uma semana depois de ter voltado; não foi trabalhar e não atendeu ao telefone. Foi o *bawab* que ligou para Um Mabrouk e, depois de perguntar como estavam seus filhos, contou-lhe que Amani tinha voltado. As luzes de sua sala de estar brilhavam no poço de luz onde ele dormia e estavam assim desde a antevéspera. Uma lixeira tinha aparecido do lado de fora da porta do apartamento também. No início, ele duvidou que fosse Amani, mas então ela entregou pessoalmente o pagamento mensal. Antes mesmo de ter desligado o telefone, Um Mabrouk soltou um *zaghrouta* de alegria, o primeiro que a fila ouviu em sua história.

Todos foram visitá-la, mas Amani estava cansada e não se sentava com eles por muito tempo. Não disse muita coisa e falava sem emoção ou entusiasmo. Quando lhe perguntaram o que tinha acontecido, ela contou que os guardas da Força de Ocultação ficaram desconfiados quando a encontraram procurando pela radiografia e a detiveram por algum tempo. Confiscaram seu celular, examinaram a carteira de identidade e a interrogaram sobre os motivos para estar lá, mas depois a deixaram ir embora. Ela disse que chegou em casa prestes a pegar uma gripe forte, algo que provavelmente contraíra no hospital, e estivera de cama, com febre e a garganta inflamada. Por isso não tinha atendido ao telefone. Ela apontou para uma pilha de caixas de remédios e comprimidos na mesa de centro. Não encontrara a radiografia no Zéfiro, acrescentou, e agora estava convencida de que nunca fora mandada para lá. Tarek deve tê-la perdido e os ludibriou para evitar a responsabilidade. Nagy concordou com a cabeça sem dizer nada, enquanto Yehya ficou imóvel. Ehab levantou-se da cadeira, dizendo que eles deviam ir embora e dar a ela a oportunidade de descansar. Eles voltariam quando ela se sentisse melhor e, por enquanto, precisavam pensar no que iriam fazer.

Ela fechou a porta depois da saída deles e voltou para a sala de estar, desejando que sua dor de cabeça também partisse. Levou os copos para a cozinha e os lavou lentamente, deixando passar os minutos, com a cabeça em outro lugar. O barulho dos copos e a sensação da água tinham um efeito calmante que ela jamais havia valorizado. Ela enxugou os copos, colocou-os na prateleira e saiu do cômodo sem apagar a luz.

Nenhum deles disse nada ao partir, porque não havia necessidade de falar o que todos pensavam: Amani escondia alguma coisa. Seria possível que os guardas a tivessem humilhado ou ameaçado, ou mesmo a espancado? Mas ela não parecia sentir dor e não havia sinais de violência em seu corpo. Algo tinha acontecido, mas não havia como saber o que foi. Talvez tivessem usado seus métodos misteriosos para arrancar informações dela a respeito de Yehya e da prova que eles se esforçavam tanto para encobrir. Ou para descobrir informações sobre Nagy, sem o qual Yehya não estaria ainda vivo, ou Ehab, a respeito de quem eles já sabiam demais, muito mais do que Amani teria sido capaz de contar. Ou talvez eles não a tivessem interrogado em momento nenhum; talvez apenas a tivessem assustado, jogando com suas emoções e segredos mais profundos, e isto foi o bastante para despojá-la de toda a vitalidade e a determinação naturais, deixando-a neste estado baço e sem vida, sem ser em nada ela mesma.

Enquanto voltavam a pé para a fila, Yehya viu um antigo prédio com **ANÁLISES E EXAMES ESPECIAIS** escrito na lateral e os deixou, atravessando lentamente a rua para ver melhor. A porta estava trancada e segura por uma corrente de metal enferrujado. Não tinha sentido tentar entrar; o novo decreto estava em vigor em toda parte e nem as clínicas e hospitais pequenos podiam escapar dele. Ele olhou em volta mais uma vez, depois gesticulou para Nagy e Ehab do outro lado da rua, apontando para uma farmácia grande. Desapareceu por um momento e voltou com uma caixa de analgésicos. Algumas quadras depois, eles passaram por uma lojinha de telefones que Yehya costumava frequentar, sempre que pensava em comprar um novo aparelho. Ele perguntou ao vendedor sobre os preços de planos telefônicos e aparelhos, e o homem lhe falou de algumas promoções, depois mostrou uma caixa violeta elegante, com o logotipo da Telecomunicações Violeta estampado na frente. Yehya a rejeitou, perguntando por outra marca, mas o homem pediu desculpas e explicou que toda a loja tinha sido vendida para a empresa e que ele logo também estaria trocando a placa na fachada.

O ESCRITÓRIO

Depois da visita surpresa deles, Amani só atendeu ao telefone uma vez, apesar da frequência com que ligavam para ela. Sua voz estava fraca, as palavras eram desconjuntadas, e ela pediu a Nagy que tivesse paciência. Pediu-lhe que parasse de importunar até que ela melhorasse e pudesse voltar ao trabalho, garantindo-lhe que ligaria para ele do escritório. Estava claro que ela não queria que eles a visitassem em casa, e os dois começaram a ligar para Amani com uma frequência cada vez menor. Na realidade, os celulares não eram mais seguros, e as pessoas também suspeitavam das linhas fixas. Mas ela nunca deixou de dar um telefonema semanal: para ver como estava Yehya, saber se suas condições não tinham se deteriorado e para garantir a ele, embora sem convencer, que ela estava bem. Yehya estava desanimado, e a preocupação parecia tê-lo envelhecido. As manchas de sangue nas roupas eram cada vez maiores; agora ele sangrava o tempo todo, não só quando urinava, e se enfraquecia cada vez mais pela perda de sangue.

Yehya queria dar a Amani algum espaço e a liberdade de procurá-lo quando se sentisse pronta para contar o que a estava assombrando. Mas, quando ele não teve notícias dela por duas semanas, abandonou a hesitação e decidiu ir mancando ao escritório, na esperança de ela ter voltado a trabalhar. Seu antigo chefe o recebeu com frieza, apesar da proximidade de que desfrutavam quando Yehya era funcionário ali. Ele trabalhara naquele escritório por quase dez anos. Nesse período, trouxera um número significativo de novos clientes e tinha sido responsável por enormes aumentos nas vendas, mas agora seu desempenho passado de nada lhe servia. O diretor falou com ele com um misto de desconfiança e irritação, e resmungou quando ele perguntou por Amani. Yehya achou que, se o antigo chefe não se sentisse culpado demais para falar deste modo, teria dito a ele para não ficar mais ali ou perguntaria por que ele tinha aparecido.

Ele encontrou Amani no antigo escritório dos dois. Foi um conforto ver que o lugar estava como ele se lembrava, com o ventilador quebrado ainda pendurado no teto, como sempre. A única mudança era a ausência da cortina de renda, que tinha caído no chão e agora se estendia no carpete sujo e insípido. Amani estava angustiada e pálida, e em sua mesa havia pilhas de papéis e listas de nomes e números de clientes, como se ela tivesse deixado acumular durante meses. Ele puxou uma cadeira, lentamente e com dificuldade, e estendeu o braço para segurar sua mão. Estava fria e trêmula. Quando ela finalmente percebeu que era de fato Yehya diante dela, e não apenas uma invenção de sua imaginação perturbada, colocou a mão dele entre as dela e apertou com força, como se isto pudesse resgatá-la.

Ela fez várias perguntas sobre a saúde dele, se tinha alguma novidade a respeito da cirurgia e sobre o sangue que agora manchava suas roupas dia e noite. Ela lhe deu total atenção, ouviu com interesse e pediu mais notícias até que ele nada mais tinha a lhe contar e havia esgotado as histórias que circulavam em sua cabeça. De propósito, ele escondeu alguns detalhes dela; Amani já estava preocupada o suficiente com ele. Yehya carregava o fardo de tê-la exposto ao perigo na noite em que foi ferido, e o fardo do que quer que ela ainda não se atrevia a contar.

Quando foi sua vez de falar, ela hesitou e ficou bloqueada, soltando apenas umas palavras atrapalhadas. Assumiu uma expressão desesperada e de súbito parecia muito distante. Ele colocou as mãos em seus ombros, cheio de preocupação, ela se virou e o olhou de um jeito vago. Restava apenas a mais leve sugestão de seu espírito, e ele sabia que ela via a preocupação no rosto dele.

– Não é nada, Yehya. Não aconteceu nada comigo. Eu só estava me lembrando de uma coisa, alguma idiotice.

O diretor passou pela sala e parou diante da porta. Yehya se levantou para ir embora e acariciou com ternura as costas da mão dela antes de lhe sussurrar algumas palavras no ouvido. Ela meneou a cabeça para ele, em negativa, e abriu um leve sorriso.

INES

Shalaby pediu que Hammoud lhe mostrasse o artigo do jornal. Ele ouviu o locutor ler na televisão enquanto estava sentado na cafeteria e sentiu ter encontrado uma luz na escuridão. Hammoud pegou o jornal e abriu na página do artigo, e Shalaby pediu-lhe que o recortasse, de modo que ele pudesse guardá-lo. Abriu o recorte entre suas coisas na mesa, com o cuidado de não rasgar nem amassar. Depois tomou um último gole do chá e voltou apressado para a fila.

Shalaby ainda estava irritado com Ines pelo que ela dissera sobre seu primo Mahfouz; ela o ofendera, e Shalaby esteve esperando para se vingar. As palavras dela não saíam de sua cabeça, e ele rangia os dentes de angústia ao se lembrar da conversa dos dois. Culpava-se por não dar a ela a resposta que merecia e agora sentia que suas palavras estavam maculadas. Sempre que contava sua história, olhava em volta, procurando por Ines, temeroso de ela se intrometer como da última vez, estragando tudo e o transformando em motivo de chacota na fila.

Ele tinha de admitir que ela realmente o aborrecera desde o momento em que chegara à fila, mesmo que fosse só uma mulher. Era só uma pessoa entre dezenas, até centenas delas, uma contra toda uma aldeia, mas ainda assim era só uma mulher – e uma mulher que não conhecia seu lugar. Ela se achava inteligente demais, mas ele sabia muito bem que não era assim. Tinha ouvido histórias de bastidores, de gente que sabia das coisas, contando que o jovem que

Mahfouz matara era um crente, que rezava, jejuava e ia à mesquita às sextas-feiras, e que provavelmente ele não era um agitador, apenas um transeunte. Mas certamente Mahfouz não sabia disso. Disseram que o jovem estava a caminho do trabalho, mas Mahfouz também estava trabalhando, só obedecia a ordens. Mahfouz nada queria além de completar seu serviço obrigatório assim que pudesse e voltar para casa; os primos tinham se mudado recentemente, e ele pretendia se juntar a eles.

Yehya chegou à fila enquanto Shalaby voltava da cafeteria. Apesar da dor, ele se sentia feliz. Mentalmente, guardava o primeiro sorriso gentil que cruzou os lábios de Amani desde seu desaparecimento. Agora que ele a havia visto, sentia uma centelha de esperança repentina brilhando por dentro, dando-lhe a vontade de continuar na luta. Ela concordara em revê-lo, e agora o mundo estava diferente, quase mais luminoso. É verdade que ela não revelara nada de novo, nem confessara o que a afligia, nem atenuara as preocupações dele sobre o quanto ela ficara cautelosa. Na realidade, Amani confirmara seus temores de que ele não descobriria o que tinha acontecido com ela, pelo menos não antes que o Portão se abrisse e resolvesse esta situação insuportável. Mas ela lhe dera permissão para visitá-la no trabalho e era só isto que importava. Mesmo que fosse em raras ocasiões, ele podia voltar a ficar junto dela. Da próxima vez, eles tomariam chá de canela juntos, com leite, como Amani gostava. Sairiam para jantar como costumavam fazer, e ele não falaria tanto, para o tempo não correr como acontecera hoje. Ele deixaria que ela contasse aquele segredo quando quisesse, sem pressioná-la.

De súbito, a mão rude de Shalaby se estendeu na frente de Yehya, assustando-o, arrancando-o de seus devaneios. Shalaby pegava panfletos em sua velha bolsa de couro puído e distribuía a todos a sua volta. Yehya viu que era um artigo fotocopiado da *Verdade*. Ehab o pegou com avidez, e outro panfleto caiu nas mãos de Um Mabrouk, mas, quando ela se deu conta de que não havia nenhuma imagem que pudesse entender, passou-o a Ines, ultimamente tão nervosa que se retraiu. Quando Ines percebeu que todos os outros seguravam a mesma coisa, aceitou com cautela uma cópia. "DESCOBERTO O ARQUITETO DOS EVENTOS EXECRÁVEIS!" era a manchete dramática do artigo. Não havia papéis suficientes para circular por ali, e assim a mulher de cabelo curto se ofereceu para ler algumas linhas a todos que tinham se reunido.

> *Revelou-se que um estrangeiro, acusado de terrorismo em sua terra natal e sentenciado* in absentia *à prisão perpétua, entrou no país vários meses atrás. Ajudado por agentes, ingratos e tolos, ele tramou para instigar a inquietação e destruir a confiança entre o Portão e o povo. Relatou-se que este agitador estrangeiro sucumbiu a um ferimento fatal na semana passada, antes que seus esquemas malignos fossem realizados, sem deixar nenhuma informação. Investigações extensas estão em andamento para determinar a extensão do envolvimento deste homem nos Eventos Execráveis, uma vez que se acredita ter sido ele o responsável pelo tiroteio testemunhado na praça naquele período.*

Shalaby andou pela fila para ver a reação provocada pelos panfletos. Disparava de um lado a outro, relendo o artigo: ele alegava que a Força de Repressão, que incluía o ramo a que pertencia Mahfouz, não atirara em ninguém; os Eventos Execráveis foram simplesmente uma conspiração incubada por alguns estrangeiros covardes e uns poucos míseros traidores que tinham orquestrado os Eventos, plantando as sementes da discórdia em meio ao povo, tentando propositalmente dividi-lo. Esses traidores e estrangeiros incriminaram as unidades de guarda (guardas como o primo dele, pensou Shalaby) pelas mortes que aconteceram durante os Eventos, depois desapareceram antes que alguém pudesse suspeitar deles. Esses conspiradores tinham uma longa história de elaborar tramas e esquemas como este, mas Deus era justo, e assim seu papel nos Eventos foi revelado.

Enfim a verdade surgiu, pensou Shalaby, satisfeito com esta nova versão dos acontecimentos. Isto significava que Mahfouz era inocente, não era culpado de nenhum delito. Foram aqueles agitadores que passaram dos limites, e seu primo, o mártir, simplesmente lhes dera uma lição – usando seu cassetete. Ele já o havia usado, quase todo dia e, segundo especialistas, os golpes de cassetete nunca resultam em morte. Mahfouz não teve nada a ver com as baixas dos Eventos, disse Shalaby a si mesmo; era provável que o primo nem tivesse disparado um tiro que fosse. Além disso, pensou ele, era possível que naquela ocasião Mahfouz nem mesmo estivesse portando seu cassetete.

Agora Shalaby tinha a prova para defender o primo. Mesmo que céticos alegassem que Mahfouz *disparara* sua arma – e mesmo que ele tivesse disparado –, agora eles sabiam que um espião estrangeiro esteve atirando também, e assim quem poderia dizer que balas pertenciam a quem? Shalaby não podia verificar ele mesmo; não tinha visto a arma de Mahfouz e não sabia se faltava alguma bala. Mas soube por outros guardas que ninguém encontrara a bala que as pessoas *alegavam* ter penetrado o crânio do homem. Ele tinha sido levado a um hospital militar, e os médicos tentaram salvar sua vida, até abriram sua cabeça. Mas os médicos disseram que não removeram bala nenhuma – nem do homem, nem de ninguém.

Em todo caso, o verdadeiro culpado enfim aparecera, e investigações eram realizadas naquele exato momento para provar de forma definitiva que Shalaby tinha razão. A família de Mahfouz merecia pensão, compensação e reconhecimento. A imaginação de Shalaby corria solta enquanto ele pensava no que pediria quando chegasse ao Portão. Ele sonhava com a construção de um memorial em sua cidade natal com os nomes de todos os mártires, Mahfouz encabeçando a lista, assim as pessoas sempre se lembrariam de que ele morreu como um herói.

Shalaby voltou a seu lugar atrás de Ines e se postou ali, triunfante, como um general militar que acaba de retornar da vitória na batalha. Estufou o peito, inteiramente satisfeito consigo mesmo e sua nova posição como primo de um mártir. Com esse jornal, enfim ele receberia justiça. Esteve observando Ines durante todo o tempo em que distribuía os panfletos e ficou atento ao rosto dela para ver como reagiria à notícia. Mesmo enquanto discutia a questão com outras pessoas, ele não a perdeu de vista. Finalmente tinha o que dizer e a calaria para sempre. Depois do dia de hoje, pensou ele, de forma alguma ela se atreveria a questionar a honra de Mahfouz ou acusá-lo de se voltar contra seus conterrâneos, ou alegar que ele matou alguém. Ela não disse nenhuma palavra. Talvez tivesse percebido o erro que cometera. Talvez se desculpasse com ele na frente de todos, pensou Shalaby com ansiedade, assim como antes tinha escarnecido dele diante de todos.

Depois de ler o artigo, os temores de Ines se multiplicaram. Ela sabia que sua conversa com Shalaby tinha sido gravada: ela fizera acusações, pedira justiça para pessoas que ela sabia que eram intocáveis e passara do maior dos limites. Sem dúvida seria presa, pensou ela, agora que esse instigador estrangeiro tinha sido descoberto. Se alguém descobrisse o que ela falou, Ines seria acusada de espalhar mentiras. Eles a acusariam de conivência com ele, e talvez Shalaby acrescentasse a acusação de que ela manchara a reputação do primo. Ines tinha certeza de que seria condenada e provavelmente apareceriam novas provas de que ela de algum modo tinha relações com essa "mão estrangeira", que naturalmente não estaria no julgamento para negá-las, porque estava morto. Ela não só perderia o emprego, como lhe dariam um sumiço por algum tempo; passaria o resto da vida na prisão, e nem todos os panfletos do mundo poderiam ajudá-la.

Seria o papel que Um Mabrouk dera por acaso o único registro daquela conversa e será que ela o recuperara sem querer? Talvez ela devesse levar em consideração todas as possibilidades e procurar um advogado entre as pessoas na fila.

Em meio a todos os debates e discussões que Shalaby deflagrara, nem uma só pessoa tinha consciência do dilema de Ines. Ela ficou firme em seu lugar, mexendo, nervosa, em seu traje novo e mais conservador, cuidando para que o pescoço e o cabelo ficassem inteiramente cobertos. Depois foi ao homem da *galabeya* perguntar se podia usar o telefone dele, alegando que o dela tinha quebrado quando deixou cair no chão por acidente.

Nagy segurou o braço de Yehya e o arrastou para longe das pessoas que se reuniram em torno de Shalaby e seus panfletos. Nagy não estava preocupado com Mahfouz e se ele de fato atirara ou não em alguém. Algo no artigo tinha despertado uma pergunta em sua mente. O jornal reconhecia que balas foram disparadas durante os Eventos Execráveis – será que isto significava que o Portão também reconhecia que houve gente ferida por disparos de arma de fogo? Ou ainda estava encobrindo tudo? O fraseado do artigo era tão vago que eles não tinham no que se agarrar. Não passaram muito tempo discutindo o que isto poderia significar para eles e concordaram em seguir em frente com seu plano, sem se deixar influenciar. Yehya sabia de onde viera a bala que se deslocava por sua pelve, ele vira quem atirara nele, e nada podia negar nem alterar este fato, não enquanto ele ainda vivesse.

Aos poucos, Um Mabrouk garantiu mais espaço para sua barraca e armou duas cadeiras de plástico na frente dela e uma pedra grande que ela arrastou da calçada oposta. Com a ajuda de um jovem, ela virou a pedra de lado para fazer uma mesinha e servir drinques para os clientes favoritos. Disse a Mabrouk para recolher os jornais e revistas que as pessoas deixavam na cafeteria, na rua e em volta da Cabine todo dia. Também disse a ele para recolher coisas de que as pessoas na fila não precisavam – qualquer objeto que pudesse servir de distração e diversão. Disse a ele para perguntar particularmente no início da fila, porque era onde ficavam as pessoas mais ricas e renomadas.

A mulher de cabelo curto se acomodou ao lado de Um Mabrouk, imaginando que o fluxo constante de clientes seria uma boa oportunidade de recrutamento para a campanha. Suas discussões com os clientes foram além, ramificando-se do boicote à Telecomunicações Violeta para se voltar ao ganha-pão das pessoas e outras questões que as afetavam. Enquanto isso, seu rádio, que esteve ligado constantemente desde que ela chegara, ainda era uma fonte constante de notícias.

Pequenos grupos de discussão brotaram e aos poucos ficavam maiores, frequentados por estudantes, professores e ideólogos afins. Logo se tornaram pontos de encontro sociais que atraíam todos com o desejo de ouvir e debater as últimas notícias sobre o Portão, ou com perguntas sobre acontecimentos mais distantes. O local de reunião de Um Mabrouk passou a ser boca de um rio que enchia a fila de notícias e boatos. Às vezes eram inventados ali e transmitidos corrente acima, em outras ocasiões a fila recebia boatos que chegavam de lugares distantes. Seja como for, inevitavelmente se agitavam pela barraca de Um Mabrouk antes de passarem adiante.

Um Mabrouk logo usou de todas as habilidades para inventar uma série de desculpas em defesa da mulher de cabelo curto e fugir das ameaças do homem da *galabeya*. Ele agora a assediava incansavelmente, porque a mulher de cabelo curto tinha atraído um público cujo tamanho fazia par com aquele de suas próprias lições semanais e às vezes até o ultrapassava. Por várias vezes, ele aconselhou Um Mabrouk a se distanciar da mulher e parar de dar espaço para as reuniões dela e, quando Um Mabrouk não obedecia, ele a criticava e a humilhava, e ordenava que ela expulsasse prontamente a mulher. Mas Um Mabrouk – que quase tinha levantado dinheiro suficiente para o tratamento da filha – foi inabalável e o enfrentou descaradamente, recusando-se a se livrar da nova amiga. Estimulada pelas pessoas a sua volta, ela lhe desobedeceu e livrou-se de seu telefone gratuito, comprando outro barato. Quando ele percebeu o quanto ela era uma rebelde rematada e que não estava mais sob o controle dele, proibiu que ela comparecesse a sua lição semanal. Reunir-se por qualquer propósito que não o de rezar e entender a religião era abominável, ele anunciou repetidamente; levava à perda das benesses de Deus, trazia Sua ira sobre eles e equivalia à apostasia.

Apesar de todos os esforços da mulher de cabelo curto, em alguns meses a campanha de boicote à Telecomunicações Violeta diminuiu. A questão era de difícil compreensão para as pessoas, em particular à medida que um número cada vez menor de cidadãos vinha desaparecendo recentemente. Entretanto, persistia a crença de que uma nova onda de desaparecimentos ainda viria, e as pessoas mantinham-se vigilantes. Deixavam seus telefones em cômodos vazios em casa, com medo de que suas conversas importantes ou reveladoras fossem transmitidas, e limitavam as ligações a curtas amabilidades sociais, parabéns e pêsames. Ninguém conseguiu trocar de rede telefônica para evitar essas medidas preventivas. As outras redes explicavam sem parar que não tinham mais linhas disponíveis e não podiam aceitar outros clientes. Enquanto isso, a Telecomunicações Violeta continuava a promover sua loteria duas vezes por mês, e ninguém nunca soube de alguém que tivesse rejeitado um telefone gratuito.

Com a proteção de Um Mabrouk, a mulher de cabelo curto fortaleceu sua popularidade e desafiou uma série de ameaças e incontáveis orações fervorosas do homem da *galabeya*. Ele a havia apontado no grupo de orações, alegando que o caminho escolhido por ela levava a um abismo de corrupção e que ela plantava as sementes do mal entre as pessoas quando as estimulava a pensar, fazer perguntas e envolver-se em outras atividades igualmente indesejáveis. Mas ela não dava atenção a ele. Em vez disso, desenvolveu um programa diário: pegava todos os panfletos coletados por Um Mabrouk, decidia que notícias eram mais importantes (qualquer coisa relacionada com o Portão vinha primeiro, naturalmente), depois as marcava em vermelho para que as pessoas pudessem ler e lia em voz alta para os que não sabiam.

Um dia, saindo da rotina, ela passou a manhã lendo correções e esclarecimentos no jornal *A Verdade*. Ao que parecia, investigações revelaram que o estrangeiro antes acusado de orquestrar os Eventos Execráveis era um oficial médico envolvido em certos crimes de guerra. Tinha fugido de sua terra natal anos atrás e reaparecera ali, trocara de religião, casara-se e se acomodara com um novo nome no

Distrito 11. Ficara afastado de atividades políticas e hostilidades, apesar do que fizera em seu país sob um regime poderoso que caíra logo depois de sua partida. O artigo acrescentava que a embaixada dele soltara uma declaração dizendo que o judiciário de seu país havia arquivado o processo depois de confirmar que ele tivera uma morte natural. Depois de os braços do judiciário procurarem por ele por meio século, o caso do homem havia sido encerrado. Esse breve documento tomava apenas algumas linhas ao pé da penúltima página, enquanto a primeira era coberta por uma grande manchete sobre espiões no país e um artigo sobre a longa história da inquietação que eles agitaram disfarçados.

A verdade estava clara para todo mundo ver, e Shalaby ficou muito confuso. Seu orgulho foi quebrado, os ombros arriaram, e ele não disse mais uma palavra sobre sua história, embora antes desse dia jamais se cansasse de refazer os detalhes, de interesse real para poucas pessoas. Ao meio-dia, ele invocou sua determinação e, apesar da história dos dois, pediu a Ines que guardasse seu lugar. Ela concordou de imediato, sem fazer pergunta nenhuma. Naquelas breves horas, ele parecia ter deixado sua personalidade habitual, tanto que ela sentiu pena dele. Sua voz tornara-se rouca, o semblante estava cheio de preocupação, até de vergonha.

Mas ela não teve prazer com a infelicidade dele como ele teve com a dela. Shalaby, ela descobriu pelas pessoas a sua volta, estava sem sorte; ele, sua família e a família do primo precisavam desesperadamente de uma renda estável para escapar das ameaças e da intimidação do proprietário de terras. Entretanto, ela também soube que esse não era o único motivo para ele esperar para processar sua papelada no Portão. Certa vez, ele confessara a ela que desejava profundamente conseguir para a família um título que valesse alguma coisa, algo que os tornasse gloriosos e renomados em sua pobre cidadezinha, algo que os colocasse em pé de igualdade com o proprietário de terras.

Ele chegara como um fanfarrão otimista e agora estava deprimido e confuso. Não sabia o que fazer, assim como Ines e, como Ines, ele era vencido por um pântano de calamidades que chegavam uma depois da outra. No caso dela, tudo acontecia graças a sua boca frouxa e uma língua que ela não conseguia controlar. Ela não era assim antes de vir para a fila, de forma alguma. Algo assustador caíra sobre ela ali, transformando-a; ela jamais costumava responder a ninguém, nem entrar em brigas, e nunca se metia na vida dos outros. Agora era exatamente o contrário. O estranho era que, depois de cada lapso de sua língua, ela jurava que voltaria à personalidade de costume – sossegada, introvertida e reservada –, mas quebrava a própria promessa na primeira oportunidade. Ficou aliviada ao ouvir a correção no jornal; pelo menos a pessoa realmente responsável por matar gente durante os Eventos ainda não fora identificada. A questão ainda não estava resolvida, assim o que ela dissera a respeito de Mahfouz e Shalaby e os outros guardas ainda estava para ser provado e podia ficar além da reprovação. Mas ela percebeu que não havia ninguém para protegê-la ou defendê-la se, nesse meio-tempo, sobreviesse o desastre. Que amigos fez ali, em tempos de necessidade, com aquela boca que só a metia em mais problemas?

Naquela mesma tarde, a mulher de cabelo curto leu outro artigo de *A Verdade* com um sorriso sarcástico. Havia um anúncio incomum na seção *Procura-se ajuda*, sobre um novo departamento na Cabine. Dizia que quem estivesse procurando emprego ali devia entregar a papelada, inclusive certificados e permissões de sua universidade e do Portão, e passar por uma entrevista pessoal dentro de uma semana. Incluía um endereço para onde deveriam ser enviadas as solicitações por carta registrada: *Cabine do Portão, Departamento de Comunicações, Atrás da Zona Restrita.* Nagy riu ao ouvir isso e disse à mulher que esse era, de longe, o anúncio mais estranho que já lera; não havia descrição do cargo, perfil do candidato, responsabilidades, exigências ou condições. Mesmo assim, era um trabalho atraente no governo, com um salário estável e garantia de férias. Ele ainda não tivera resposta do Departamento de Tradução; como sempre, seu passado dúbio o impedia de ser contratado em qualquer lugar. Ele pensava em entregar uma requisição a esse novo departamento, não porque julgasse ter alguma chance no emprego, mas só para implicar com o comitê de contratação. Certamente eles ficariam surpresos com sua ficha e a coragem de se candidatar a qualquer emprego, e ainda por cima esse. Ele acenou para Ehab quando o viu se aproximar e lhe falou de sua ideia, mas Ehab o surpreendeu dizendo que também entregaria uma requisição. Ehab baixou a voz para declarar suas suspeitas de que o anúncio estivesse ligado à operação de grampos telefônicos. Eles ainda não sabiam a extensão da vigilância ou quanto tempo continuaria e não conseguiam obter nenhuma informação sobre aqueles que sumiram, embora os desaparecimentos agora fossem menos frequentes.

Shalaby saiu da fila por algumas horas, depois voltou sem a bolsa de couro ou o relógio de pulso, de mãos vazias, trazendo apenas uma medalha dourada e reluzente em uma fita azul-escura. Disse a todos que tinha conseguido a medalha na Cabine em honra a seu primo Mahfouz. Ele mostrou às autoridades o erro que cometeram, e eles encontraram o nome dele em suas listas, e lhe dariam um Certificado de Reconhecimento assim que recebesse o carimbo do Portão. Nagy reconheceu a medalha, mas não queria expor a ficção de Shalaby, portanto não disse nada. Apenas riu tanto que as lágrimas escorreram-lhe pelo rosto.

A VISITA

Em um acontecimento surpreendente, Amani ligou para Nagy. Por várias semanas, ela não vira nem falara com ninguém além de Yehya, que mancava para o escritório quando se sentia bem o bastante para passar uma ou duas horas com ela. No início, Nagy não percebeu que era ela; o número que aparecia em seu telefone não era o que ele salvara, e Amani, sem lhe dar a chance de fazer perguntas ou mesmo de cumprimentá-la, pediu-lhe que se encontrasse com ela imediatamente. Na esquina perto da cafeteria, na frente do restaurante, ela andava em círculos com as pernas trêmulas, esperando por Nagy. O médico fardado a havia visitado novamente.

Ele tinha ido ao escritório dela alguns dias antes e a ameaçara na frente do chefe e dos colegas. Não havia sido uma ameaça explícita, mas ele dissera que esperava que Yehya lhe fizesse uma visita no Hospital Zéfiro. Falara que Yehya precisava fazer uma cirurgia, para evitar complicações que poderiam levar a um rápido declínio de sua saúde, mais rápido do que ela poderia imaginar... complicações que até podiam ameaçar a vida dele. Antes de sair do escritório, ele se virara dizendo que sabia exatamente onde Yehya estava. E se Yehya não aparecesse na sala dele nos próximos dias, dissera o homem, ele lhe faria pessoalmente uma visita.

Quando Nagy chegou, ela olhou desvairadamente em volta e suplicou que ele impedisse que Yehya a visitasse, que impedisse que ele fosse ao escritório, ou a qualquer outro lugar, até a seu apartamento. Ela achava que a fila era mais segura, pelo menos ninguém tinha desaparecido dali sem depois retornar. Ela ainda não havia pronunciado uma palavra sobre aqueles dias terríveis, que tinham lhe voltado num instante só de ver o médico. Aconteceram com ela coisas de que ninguém sabia, coisas de que ela não podia falar, coisas que ela ainda não admitia nem para si mesma.

Ela falou com tanta pressa que no início Nagy não conseguiu entender uma palavra. Ele ficou chocado ao vê-la tão perturbada e, assim, concordou com seu pedido sem questionar, garantiu que tudo daria certo, e que Yehya ficaria bem. Dominada pela ansiedade, ela pediu que eles tivessem cuidado, e ele tentou acalmá-la. Talvez as palavras do médico fossem apenas uma ameaça vazia; aquela gente costumava se valer do medo, assustando os outros para impedir que pensassem direito ou agissem racionalmente. Ele falou sem parar com ela, tentando tranquilizá-la, mas ela não ouvia uma só palavra. Apenas se repetia, confusa, depois se afastou com tal rapidez que cambaleou e quase caiu várias vezes, enquanto Nagy a olhava partir.

Ele vagou por ali, pensando no que deveria fazer. Suas tentativas de reconfortar Amani foram apenas as primeiras palavras que lhe vieram à cabeça e saíram por sua boca, e nem ele conseguia acreditar nelas. Yehya não estava bem para fugir e era teimoso demais para considerar esta hipótese, e muito menos ser intimidado a aceitar. Na fila, ele estava constantemente cercado por outras pessoas e por enquanto parecia estar seguro. Mas uma ou duas vezes por semana ia descansar em casa e recuperar alguma energia, energia que perdia dia após dia com o esforço extenuante de continuar vivo. O inverno se aproximava, e logo ele não poderia ficar na fila dia e noite, como agora faziam as pessoas. O apartamento de Yehya não era nenhum segredo, assim como o de Nagy. Os vizinhos os conheciam; nenhum lugar seria seguro para ele. Nagy ficou perdido em todas as complicações, a cabeça era uma torrente de pensamentos díspares, e ele percebeu que tinha chegado ao ponto do micro-ônibus sem se dar conta. Sentiu o cansaço cair sobre ele e se meteu no primeiro ônibus que passou, decidido a se deixar levar até o ponto final da linha.

    Ele bocejou e apoiou a têmpora na janela, fazendo círculos de condensação com seu hálito úmido e desenhando neles, um antigo passatempo de que gostava. As ruas estavam vazias a essa hora. Desapareceram até todos os gatos e cachorros, exceto por um único gato gorducho, também bocejando, no teto de um carro branco coberto com uma camada considerável de poeira. O céu estava pouco iluminado; nuvens densas encobriam os raios de sol, suavizando o ar, enquanto o anoitecer se fazia pesado no horizonte. Era a hora em que as partículas de poeira e dos escombros pareciam suspensas no vazio, nem caíam na terra, nem desapareciam no espaço.

    O ônibus passou por uma placa em formato de seta com os dizeres **VIA PÚBLICA** em caracteres grossos. Apontava para uma rampa íngreme numa curva acentuada para a direita da rua e, sem se deixar perturbar, Nagy notou que subia um morro. Eles seguiam na direção da sede do jornal, e ocorreu-lhe que podia tentar falar com Ehab, que tinha corrido à redação com uma nova reportagem investigativa. Mas por enquanto Nagy saboreava a sensação de deixar a mente vagar e colocar os pensamentos de lado. As placas passavam por ele, uma depois da outra, até que finalmente o motorista anunciou o fim da linha. Parou o micro-ônibus embaixo de uma placa gigantesca com a frase **LEMBRE-SE DE DEUS** escrita em grossos caracteres brancos, acima de um número de celular e uma assinatura: *Abbas*.

    Ele não estava longe da sede do jornal; podia vê-la da rua. Nagy saiu do ônibus sem pressa e foi para o prédio despretensioso. Imaginou que devia contar a Ehab o que soubera por Amani, mas não estava convencido de que valesse a pena procurar por ele. Mesmo com essa informação, o que qualquer um dos dois poderia fazer? Dentro do prédio, ele perguntou por Ehab, e uma funcionária lhe disse que estava em reunião com o editor-chefe. Nagy deixou seu nome com ela e foi esperar do lado de fora. Sentou-se na calçada do outro lado da rua e encostou a cabeça no tronco de uma velha árvore, sentindo cair sobre ele a cortina dos galhos e o cheiro antigo de pinho. Talvez estivesse na hora de Yehya parar de ser tão obstinado, mesmo que sentisse ser um insulto recuar. A situação era pavorosa, e ele não era mais o único envolvido; Amani também tinha sido arrastada para o jogo, o que significava que dificilmente as coisas entre eles voltariam a ser o que eram.

Nos anos que se estendiam entre seus dias de estudo na universidade e aquela tarde, os dois foram tudo que ele conheceu, seus amigos mais íntimos, apesar de serem tão diferentes. Amani e Yehya não foram atraídos um para o outro por uma compatibilidade natural e espontânea; ambos tinham a vontade forte e a teimosia. Amani era obstinada, uma característica que ele não via com frequência nas mulheres, enquanto a tenacidade jamais abandonava Yehya, e ele nunca perdia a fé em sua capacidade de virar a situação em seu favor. Yehya jamais admitiria que era apenas um homem impotente em uma sociedade em que as regras e restrições eram mais fortes do que qualquer outra coisa, mais fortes do que o próprio governante, mais fortes do que a Cabine e até o Portão.

Nagy não conseguiu convencê-los de que tudo no mundo estava inter-relacionado e que a vida deles era regida por uma rede de relações complexas e poderosas. Mesmo coisas que pareciam aleatórias operavam de acordo com esse sistema invisível, ainda que as ligações não pudessem ser vistas. Yehya ria sempre que eles discutiam isto a sério, brincando com ele que o Departamento de Filosofia tinha corrompido sua mente e destruído sua fé na natureza humana. Amani ria também – ela nunca se deixara convencer de que a independência que acreditava ter na verdade nada mais era do que uma ilusão aceita, parte de uma teia de relações e contradições. O próprio Portão era parte essencial do sistema também, ainda que de fora desse a impressão de puxar todas as cordinhas.

Um dia, muito tempo antes, ele dissera a Amani que tudo que ela fazia, mesmo que aparentemente fosse banal e irrelevante, tinha reverberações no grande esquema das coisas. Até algo aparentemente insignificante – como a quantidade de ar que ela respirava – podia ter consequências. Ele sorrira consigo mesmo ao assumir um ar solene e acrescentara que, por exemplo, o diminuto aluguel que ela pagava ao senhorio podia ter contribuído para o súbito aparecimento do Portão no centro da cidade. E, da mesma forma, ele dissera, ela também era afetada por tudo que acontecia, mesmo que não admitisse isso; se o Portão anunciasse a proibição de pipas com rabiolas coloridas, poderia indiretamente influenciar sua vida diária ou seu trabalho. Esta inter-relação era real, mesmo que não houvesse ligações explícitas. Na época, ela rira e dissera que ele estava completamente louco.

Desde que ele a conhecia, ela nunca se importara com política ou filosofia. Independentemente do que acontecesse, ela só se concentrava nos detalhes concretos da vida cotidiana. Yehya era igual: preferia lidar com a realidade tangível e as coisas que ele conhecia em primeira mão. E assim Nagy era sempre o diferente, aquele que dava pouca atenção aos pequenos detalhes da vida e costumava parecer perdido em meio a tudo isso. Ele via apenas o contexto maior, os sistemas que a tudo governavam. Não estava interessado nas peças pequenas; queria entender o quadro maior, como funcionava e o que significava. No princípio, invejara a vida segura e protegida deles, enquanto ele tinha sido golpeado pela ira tempestuosa do Portão; mas agora ia perder Yehya e Amani também. Ele ficaria sozinho, impotente e obrigado a uma vida que não escolhera, sem ser mais capaz da liberdade de que desfrutava anteriormente. Se ainda fosse estudante, ou mesmo um jovem professor esperançoso, mudaria tudo a respeito da fila, defenderia sem medo os amigos e persistiria até ter derrubado o Portão e todo o sistema dentro dele.

Nagy foi despertado de seus devaneios por uma pancadinha amistosa de Ehad em seu ombro.

– Ei, Nagy, eu não esperava ver você.

– Só estava passando por acaso... Você não vai acreditar no que aconteceu esta manhã.

– Vamos conversar no caminho. Você vai para a fila também, não é? Escute, meu chefe não quer publicar mais nenhuma reportagem sobre a fila. Ele rejeitou o artigo que escrevi uma semana atrás e hoje rejeitou outro, e antes desses dois tirou tudo que havia de importante em uma reportagem que escrevi sobre minha ida ao Hospital Zéfiro com Amani. Dá para acreditar, ele cortou três parágrafos inteiros e os reduziu a duas linhas e meia; ficou parecendo um cartão de visita quando ele terminou! E ele até rejeitou minha matéria sobre o boicote à Telecomunicações Violeta. Jogou na mesa quando viu a manchete, depois se recusou a me devolver quando pedi. Estou te falando, esse homem é suspeito, com essa atitude toda cheia de importância... Como ele pode proibir uma matéria sobre o escândalo da companhia telefônica enquanto permite uma reportagem que ataca o Hospital Zéfiro, *mesmo* sendo curta e mais vaga?

O JORNAL

A Verdade aumentou a circulação e publicou uma entrevista intrigante com o Grande Xeque. Um subtítulo em negrito sugeria que a entrevista aconteceu em parte em resposta aos boatos de que cidadãos inocentes foram atingidos por armas de fogo durante o primeiro e o segundo Eventos Execráveis, e a própria ideia era no máximo questionável. Os boatos eram escandalosos, dizia; acusações inconcebíveis. Em uma coluna especial cercada por uma moldura grossa, observava-se que o Portão negara essas ficções repetidas vezes, porém foi em vão, porque elas só se espalharam cada vez mais.

O editor-chefe redigiu uma breve introdução em que explicou que Sua Eminência o Grande Xeque, que dirigia o Comitê de Racionalizações e *Fatwa*, recentemente recebera perguntas de crentes a respeito da emenda ao Artigo 4 (A) e boatos relacionados. Ele havia emitido uma *fatwa* em resposta que, disse o editor, foi recebida com uma gratidão extraordinária pelo público em geral. Também destacou que Sua Eminência era a única pessoa capaz de iluminar o caminho adiante nesses tempos difíceis, em que o sensato e o ignorante ponderavam suas próprias opiniões. A explicação do Xeque na entrevista foi tão reconfortante que o entrevistador, como observou no artigo, teve de parar de gravar várias vezes para expressar sua gratidão e admiração profundas.

O Xeque disse ao entrevistador que a *fatwa* continha dois decretos separados, um para cada uma das duas categorias de pessoas.

O primeiro era para aqueles que deram início aos boatos e os espalharam: ele os considerava mentirosos e hipócritas. Mas a *fatwa* era principalmente dedicada à segunda categoria: crentes que eram fracos na fé. A questão ali, disse ele, era simples e clara. Ele começou confirmando que a devoção protege as pessoas de infortúnios e do mal – tanto eruditos religiosos como os cidadãos comuns sabiam que isto era verdade. Portanto, se os cidadãos eram devotos, crentes tementes a Deus (e não fracos na fé), não trariam a destruição para si mesmos. Ao contrário, disse ele, evitariam por instinto pessoas suspeitas e questionáveis ou lugares proibidos.

As afirmações de que pessoas foram feridas nos Eventos claramente não passavam de mentiras e ficções, espalhadas por uma minoria antirreligiosa que tinha, ela própria, sofrido ferimentos. A maioria das pessoas na nação era de crentes (graças a Deus!), e assim ele não tinha motivos para temer por eles, nem mesmo diante de balas de armas de fogo. Entretanto, até os crentes devem tomar precauções para garantir que Deus os livre do mal, acrescentou ele – precauções como dedicar a vida a recitar orações, por exemplo.

O Grande Xeque invocou algumas passagens do Livro Maior, explicando que, se um crente fosse atingido por uma bala (apesar de suas orações e das súplicas), sua fé o guiaria à compreensão de que foi *o próprio Deus* quem o atingiu. Um crente ferido não deve entrar em desespero, nem se opor à vontade divina. Nem deve questionar o inquestionável – tal ato pode levá-lo ao perigoso caminho da dúvida. Em vez disso, o crente deve aceitar a vontade de Deus. Ele deve reconhecer a sorte que teve ao ser atingido por uma bala, exaltado a um lugar no paraíso normalmente reservado apenas aos mais zelosos.

No final da entrevista, o Grande Xeque observou que tudo que dissera fazia parte da *fatwa*. O Comitê de Racionalizações e *Fatwa* havia ratificado isso em definitivo na última reunião, e tudo seria anunciado em uma grande coletiva à imprensa dali a alguns dias, para ajudar a tranquilizar os cidadãos que sofriam de confusão.

Uma fotografia do Grande Xeque foi impressa no meio da página, ele com seu sorriso solene e o entrevistador sentado a sua frente. Para concluir, o artigo declarava que o Xeque elogiava os esforços do jornal para defender a palavra da verdade, e por isso ele dera uma entrevista exclusiva.

Yehya estava sentado na frente de Um Mabrouk em uma cadeira de plástico, com a perna descansando na mesa de pedra. Tinha um copo de chá em uma das mãos e, na outra, a reportagem escrita por Ehab – uma cópia diferente da mesma reportagem que o editor-chefe tinha podado. Ehab estava ao lado dele, junto de Ehab sentava-se Nagy e, espalhada em volta deles no chão, havia uma confusão de jornais. Yehya deu de ombros e disse que o editor-chefe tomara a decisão correta: a reportagem não era adequada para impressão. A história simplesmente não fazia sentido – contradizia todos os outros relatos em todos os outros jornais, bem como cada declaração feita pelo Portão, e também ia contra as últimas *fatwas* do Comitê. A reportagem de Ehab era baseada apenas em boatos: boatos de que havia cidadãos feridos por balas do governo que não foram disparadas, e que outros estavam cegos por seus ferimentos. Boatos de que eles se livraram das balas removidas do corpo das pessoas, depois negaram até a existência dessas balas. Boatos de que algumas pessoas conseguiram pular as barricadas de pedra, entrar na Zona Restrita e se aproximar do Edifício Norte. Boatos de que alguns foram mortos por atiradores, mas que os sobreviventes se agruparam e bateram em retirada, desaparecendo completamente. Boatos de que eles não eram vistos desde então.

Ehab também incluíra um curto parágrafo sobre o motorista do micro-ônibus que disse ter visto um jovem ferido carregando uma sacola de cartuchos cobertos de sangue, durante o segundo dos Eventos Execráveis. Ehab observou que, após esse testemunho ser divulgado ao público, o motorista desaparecera. Depois o Portão anunciara que o motorista era um conhecido e antigo usuário de drogas, viciado em alucinógenos. O jovem de que ele falara não existia, disse a declaração do Portão, como não existia sua perna ferida, como não foi encontrado nenhum vestígio nem de um, nem de outro. Ehab citou um artigo dizendo que o motorista tinha dado entrada em uma clínica do governo para tratar de seu vício, mas que ninguém sabia onde ele era tratado ou se foi liberado. Yehya devolveu os papéis a Ehab bufando com um riso sarcástico, enquanto Nagy se remexia na cadeira e dizia que ele devia fazer cópias para distribuir na fila.

As pessoas transmitiam boatos pela fila, havia um número crescente de panfletos e artigos de jornal; procuravam febrilmente novas informações em qualquer lugar e do jeito que pudessem, enquanto o tempo passava, e ninguém avançava nem um centímetro. Mais recentemente, um funcionário do serviço postal se juntou à fila, trazendo uma petição oficial, dirigida ao Portão, de um grupo de pessoas denominado "Associação das Vítimas dos Eventos Execráveis". Acusava abertamente o Grande Xeque de provocar angústia em toda a nação porque ele questionara a fé dos feridos em sua entrevista ao jornal *A Verdade*.

Os signatários da petição diziam que a entrevista tinha prejudicado sua reputação junto a familiares, conhecidos e colegas de trabalho, e anexaram documentos certificados provando que eram crentes devotos. Muitos tinham Certificados de Cidadania Legítima e, além disso, foram realmente feridos. Sua petição incluía fundamentos jurídicos, preparados por um advogado que também havia sido gravemente ferido. Provava que a *fatwa* estava crivada de erros e exigia que ela fosse revogada e revisada antes de sua divulgação ao público.

Em resposta, o Centro para a Liberdade e Retidão entregou sua própria petição urgente à Cabine. Com base na entrevista do Grande Xeque, acusava os feridos de não cumprirem seus deveres religiosos obrigatórios e declarava que essa negligência era responsável direta por seus ferimentos. O Centro exigia que os arquivos dessas pessoas fossem entregues ao Comitê de Racionalizações e *Fatwa*, para que este pudesse julgar seus casos e tomar medidas apropriadas contra eles. Entretanto, apesar do repúdio geral, a *fatwa* não foi revogada, nem mesmo sofreu emendas. Já havia sido anunciada em uma coletiva à imprensa, e uma série de declarações de apoio foi lançada nos dias que se seguiram, enquanto a mais recente mensagem do Portão negava que um dia existira qualquer coisa chamada Zona Restrita.

A LIÇÃO

O homem da *galabeya* se colocou à altura da situação e começou sua trigésima primeira lição semanal em apoio à *fatwa* do Grande Xeque. Nas observações de abertura, disse que a *fatwa* representava o estimado Comitê, que incluía eruditos religiosos da intenção mais pura e de opinião infalível. Acrescentou que questioná-los ou fofocar sobre assuntos de religião – como faziam alguns tolos – era religiosamente inadmissível.

Ele e seus seguidores arrumaram cadeiras no início da fila para acomodar o crescente número de ouvintes. Depois de um debate prolongado sobre a distribuição religiosa adequada pelas cadeiras, a primeira fileira foi designada às mulheres, para que não fossem assediadas, se ficassem ao fundo. Ines sentou-se na frente e no meio e ouviu numa atenção extasiada. Vestia um *isdal* pardacento por cima das roupas cotidianas que ia do meio da testa aos dedos dos pés, de forma que cada elevação e vale de seu corpo estava escondida. Depois de concluir a lição e responder a todas as perguntas, o homem da *galabeya* olhou atentamente as mulheres, em seguida se lançou em uma oração elogiando aquelas crentes vestidas com recato que seguiam o caminho da retidão, destacando que boas esposas e mães elas eram.

Ele se levantou de seu lugar para distribuir um leque de pequenos livretos às mulheres, com títulos como *A natureza das mulheres*,

Tormento e bênçãos na sepultura, *Sofrendo a tentação das mulheres* e *Direitos conjugais*. Deu a Ines toda a coleção, dizendo que era um pequeno presente de boas-vindas a uma irmandade de arrependimento e para celebrar sua volta ao caminho da orientação e da verdade. Os livretos a ajudariam a aprender mais sobre a fé, o mundo e os aspectos religiosos práticos.

Ele voltou ao seu lugar e falou da importância da *fatwa* do Grande Xeque. Ela não só esclarecia as questões, mas também retirava as pessoas de sua ignorância e confusão, educando-as sobre as conspirações cruéis que eram preparadas contra a nação. Ele agradeceu a vários centros e associações e elogiou-os, todos liderados por homens tementes a Deus e trabalhadores, que tomaram para si a tarefa de liderar a investida da reforma social por um caminho de retidão. Concluiu declarando sua solidariedade para com o Centro para a Liberdade e Retidão e anunciou que havia assinado uma de suas mais recentes petições, que propunha que as intenções dos feridos, e seu compromisso ético e religioso precisavam ser monitorados.

Yehya ficou furioso ao ouvir Ehab descrever a *fatwa* e a lição da semana. Ele vira a mudança acontecer a várias pessoas paradas perto dele na fila, até Ines, mas ainda não estava disposto a aceitar a sugestão de Nagy de formar um grupo de oposição, algo como "A Associação dos Respeitáveis Cidadãos Feridos" ou "Os Justos e Feridos". Sua cabeça estava cheia de uma dor crescente que os analgésicos não conseguiam mais aliviar, e o próprio remédio o derrubava. Deixava-o tonto e incapaz de se concentrar, de tal modo que ele nem mesmo conseguia ver como estava Amani.

Ines não perdera uma só lição semanal desde que se comprometera com seu novo traje. Sentia um alívio profundo e aos poucos era aceita por uma nova turma, esta um tanto diferente dos grupos de mulheres que ela conhecera na escola. Ines se juntava a elas em atividades sociais e espirituais, visitava proselitistas e comparecia às reuniões religiosas e aos grupos de oração. A maioria das reuniões acontecia fora da fila, e as mulheres se juntavam em um grupo e iam ao carro designado, que as deixava no local da reunião e devolvia à fila quando acabava. Ela mergulhou nisso tudo, e seus temores começaram a diminuir, embora ela ainda fosse perturbada, de vez em quando, por pensamentos preocupantes. O comparecimento às reuniões implicava passar menos tempo na fila e, embora não tivesse mais preocupações com Shalaby, desenvolvera um interesse pelo caso de Yehya.

Enquanto isso, o homem da *galabeya* concentrava os esforços em duas direções. Abriu um pequeno centro perto da fila para ajudar as pessoas que queriam obter um Certificado de Cidadania Legítima do Portão. Ele descobrira que era só isso que muita gente esperava e tinha certeza de que a maioria não conseguiria cumprir os critérios. Também começou a recolher donativos em apoio à Telecomunicações Violeta, que ele elogiava regularmente em suas lições, porque a empresa declarara seu compromisso com o desenvolvimento de novos serviços para seus clientes que não pudessem pagar por eles.

Ele pediu a Ines que o ajudasse a alcançar o máximo de mulheres na fila que ela pudesse, especialmente aquelas que não compareciam com regularidade a suas lições semanais. Ela concordou prontamente e passou a trabalhar junto dele. Eles não tiveram um bom começo. Ehab e Yehya começaram uma discussão com o homem da *galabeya* e logo receberam o apoio de Nagy, e os quatro trocaram uma saraivada feroz de insultos. Ehab o acusava de ser financeiramente corrupto, e ele os acusou de serem moralmente falidos, sugerindo que a petição do Centro para a Liberdade e Retidão era válida para Yehya, devido ao ferimento que ele tentava esconder. Isso provavelmente o levaria a ser interrogado perante o Comitê de Racionalizações e *Fatwa*, condenado por unanimidade como um cidadão Infiel e devidamente punido. A briga terminou antes que qualquer um dos lados tivesse chegado a uma vitória definitiva, e ninguém foi fisicamente prejudicado, mas Ines ficou perturbada. Yehya estivera no topo de sua lista de pessoas a quem procurar em busca de donativos. A situação dela era muito precária, em particular sem alguém em quem se apoiar, e Yehya parecia ser um bom homem, talvez até uma perspectiva decente de casamento. Ela sabia que ele não tinha celular e não aderira ao boicote à Telecomunicações Violeta, nem se mostrava interessado nisso. A arrecadação de fundos parecera o jeito perfeito de conhecê-lo.

Ela teve sucesso ao solicitar donativos das recém-chegadas, mulheres que tinham acabado de se juntar à fila e ignoravam o escândalo dos grampos telefônicos. Ines conseguiu convencer duas mulheres a prometer o comparecimento às lições e coletou uma quantia moderada de algumas das mais ricas. O homem da *galabeya* se disse impressionado com sua astúcia e no dia da oração pediu sua mão em casamento. Ela fingiu ficar abalada e surpresa, e olhou o chão com recato, como se pensasse no que fazer em uma situação dessas, depois lhe pediu algum tempo para consultar a família. Ela saiu da fila no dia seguinte e procurou a irmã, tendo percebido que estava inquieta demais para passar a noite sozinha em seu apartamento grande. Ficou dias por lá, mas, apesar de todas as conversas que tiveram, não conseguia chegar a uma decisão. A irmã não ficou entusiasmada e não a estimulou a aceitar a proposta dele. Pelo modo como Ines o descrevia, o homem não parecia de forma alguma um bom parceiro para ela.

Ines guardou silêncio sobre a perturbação que vivia; não queria ser repreendida e não queria brigar com a irmã, nem lidar com as consequências, se brigasse. Telefonou para a mãe e o pai pedindo conselhos e descobriu que eles aceitaram melhor do que ela esperava. Pediu orientação a Deus e percebeu que ficava à vontade com a ideia de alguém a seu lado, capaz de dividir seu fardo, alguém em quem pudesse se apoiar em épocas de necessidade. O tempo que passou na casa da irmã a convenceu ainda mais; o cunhado claramente ficou irritado por ter outra pessoa no espaço deles, e ela percebeu que não poderia ficar ali, se por acaso tivesse problemas.

Enquanto na fila a vida seguia, a de Amani, aos poucos, se desfazia. Ela deixou de ir ao trabalho com regularidade, mas seu chefe não a repreendeu, nem perguntou pelos motivos. Um dia, ele entrou na sala dela e a mandou digitar uma solicitação de licença sem vencimentos. Disse a ela para entregar a outro funcionário todos os números de telefone de seus clientes e estava tão ansioso para vê-la pelas costas que nem mesmo verificou se ela devolvera o material de escritório, como era de costume. Ela olhou pela janela e, em seu reflexo, viu dois círculos escuros no lugar dos olhos. Só dormia em períodos curtos e esporádicos, acordando apavorada no meio da noite, deitada ali por longos minutos no escuro, incapaz de enxergar, as pálpebras tão pesadas que ela não conseguia abrir os olhos.

SEIS

Documento Nº 6

Acompanhamento

As informações contidas neste arquivo foram atualizadas regularmente, e os indivíduos responsáveis pelas observações e a coleta de informações foram gentilmente solicitados a garantir sua veracidade antes de transmitir ao arquivista. O conteúdo deste documento não deve ser revelado em nenhuma condição sem assinatura oficial e carimbo de permissão. Não é permitido indagar a identidade dos indivíduos encarregados de atualizar estas informações.

Observações

Este documento examina a situação do paciente depois de ele ter deixado o hospital e não estar mais sob estreita supervisão médica. Pretende criar um quadro abrangente do ambiente e das condições em que o paciente vive e opera, para monitorar possíveis evoluções (médicas e outras), e observar seus amigos íntimos e conhecidos. Somente os médicos responsáveis por este caso e aqueles com identidades oficiais designadas têm permissão de examinar este arquivo, independentemente de sua especialização profissional.

O documento continha mais informações do que quando Tarek começara a examinar o arquivo de Yehya. Incluía uma descrição detalhada dos movimentos dele, uma tabela de seus conhecidos e amigos, e mapas de lugares que ele frequentava. Só a introdução era praticamente todo um relatório em si, cobrindo toda a sua história de vida, do nascimento ao primeiro dia de escola e até o trabalho dele na empresa. Tarek examinou o documento com fervor, percebendo que ele próprio era extraordinariamente parecido com Yehya em muitos aspectos. Filho único, nascido de uma família de classe média, com um pai que trabalhava no setor público e a mãe que cuidava da casa; ambos tinham estudado o fundamental em escola particular, depois foram transferidos para a escola pública devido ao aumento das mensalidades e se formaram sem tropeços no secundário com boas notas.

De vez em quando, Yehya jogava em um pequeno clube esportivo daquela época, mas sem um sucesso digno de nota, a não ser no voleibol, em que o treinador o chamava de astro, porém abandonara o time quando entrou para a universidade. O documento declarava que Yehya não se envolvera em nenhuma atividade política durante seus estudos no Departamento de Comércio. Mas Tarek não entendia como isto seria possível, porque o documento também dizia que Yehya frequentemente era visto na companhia de vários estudantes indisciplinados e rebeldes. Yehya ingressou em um grupo de teatro na universidade, como fez Tarek em seu próprio tempo de estudante. Yehya publicou várias tentativas como poeta nos jornais universitários e foi assim que conheceu a namorada, Amani Sayed Ibrahim, que recebeu uma extensa cobertura no parágrafo seguinte. Formou-se com notas decentes, completou seu serviço obrigatório na Força de Dissuasão, depois trabalhou como representante de vendas para uma empresa conceituada no Distrito 4. A empresa vendia produtos de limpeza, e Yehya morava sozinho em um pequeno apartamento perto de sua família no Distrito 9. Nunca tinha ido ao Portão, nem à Cabine, em busca de uma permissão ou certificado, e não havia Certificado de Cidadania Legítima em seu Arquivo Pessoal. No fim do parágrafo, havia uma observação que sempre fazia Tarek parar:

> *O proprietário da empresa foi informado de que os Arquivos Pessoais de seus funcionários estavam incompletos; foi instruído no sentido de que todos os Arquivos Pessoais devem incluir um Certificado de Cidadania Legítima.*

Será que a falta de um certificado implicava que Yehya nunca se envolvera em nenhuma atividade da oposição, e, portanto, não solicitaram que ele obtivesse o documento? Ou seria o contrário – significaria que Yehya era de fato um dissidente e lhe negaram o certificado quando ele precisou? Não importava quantas vezes relesse o arquivo, Tarek ainda não sabia o que fazer com aquela frase. Talvez, pensava ele agora, o departamento que emitia o certificado de algum modo tivesse ignorado as atividades de Yehya ou seu arquivo, apesar de sua aparente onipotência. Afinal, às vezes coisas assim aconteciam no hospital.

A tabela de amigos e conhecidos era acompanhada por dois grandes parágrafos e um terceiro, mais curto. O primeiro era sobre Amani Sayed Ibrahim. Com 37 anos, ela não era casada e morava sozinha no Distrito 6. Seu pai tinha morrido muitos anos antes, e os irmãos moravam em distritos remotos. Ela se formou com louvor na faculdade de direito e parece ter conhecido Yehya durante seus estudos na universidade. Eles ficaram mais próximos naqueles anos e trabalharam na mesma empresa depois da formatura; ela assumiu um cargo no departamento de vendas por telefone e nunca fez uso de seu diploma em direito. Pelo relatório, Tarek soube que ela mantinha contato constante com Yehya, acompanhava-o para quase todo lado, exceto ao Portão. Ele também leu que ela era o principal fator na obstinação dele com a bala; ela apoiava a decisão dele de permanecer na fila e o impedia de se submeter à cirurgia. Ela também nunca apresentara uma requisição de permissão ou certificado ao Portão.

O segundo parágrafo dizia respeito a um indivíduo chamado Nagy Saad. Dizia que ele era o amigo mais íntimo do paciente; eles foram da mesma turma na escola. Formou-se em filosofia como o segundo da turma e era ex-professor universitário, mas atualmente estava desempregado. Tarek imaginou que foi este o homem que veio ao hospital com Yehya e Amani, mas não se juntou a eles em sua sala. O parágrafo mencionava que ele fora detido pela Força de Dissuasão durante o segundo ano de faculdade devido a atos que violavam a ordem social da universidade, em que ajudara a escrever panfletos instigantes e a distribuí-los a outros estudantes.

Sua nomeação como professor no Departamento de Filosofia fora aprovada para que ele continuasse sob a supervisão das forças de segurança, e ele insistiu nos atos que violavam o processo educacional, antes da demissão resultante de suas ideias inadequadas e aberrantes. Os estudantes reclamavam dessas ideias, e frequentemente ele era aconselhado a se manter na linha. Quando o reitor da universidade lhe disse que ele precisava entregar um Certificado de Cidadania Legítima, ele chegara, em vez disso, com uma carta de demissão, jogando-a na cara do homem. O reitor mais tarde apresentou uma queixa à Cabine em que acusava Nagy de desacato a ele e ao Portão. Nagy foi detido pela segunda vez, na casa do paciente Yehya Gad el-Rab Saeed, por posse de documentos ofensivos que ele estava em vias de distribuir. Desta vez, ele confessou o crime. Alegou que Yehya não tinha consciência de suas intenções, que ele só passara em sua casa por acaso, e foi liberado logo depois disso. Mas sua requisição de um Certificado de Cidadania Legítima foi indeferida pelo Portão quando ele se candidatou a um emprego em uma agência de notícias. Tarek soube que Nagy raras vezes deixava a companhia de Yehya; desempregado e incapaz de encontrar trabalho, parecia passar quase todo o seu tempo com ele.

O terceiro parágrafo falava de Ehab, mas não continha muitas informações. O leitor era remetido a outro arquivo, muito mais antigo, no porão, com o nome "Ehab Ahmed Salem", e o número de referência estava claramente especificado. O único detalhe significativo no parágrafo era que Ehab recentemente havia mandado sua papelada à Cabine, candidatando-se a um emprego anunciado pelo Departamento de Comunicações.

O parágrafo seguinte incluía uma descrição detalhada dos movimentos de Yehya do momento em que ele fugiu do Hospital Zéfiro ao dia em que chegou à fila. Parece que ele recebeu uma atenção especial; o observador não deixou passar nada, nem mesmo detalhes que pareciam desimportantes. Declarava que ele foi à casa de Amani no dia em que completou 39 anos, e um dos parágrafos incluía uma breve observação, também mencionada na introdução, sobre a carta que ela mandara a ele na fila por intermédio de Um Mabrouk. O breve encontro de Yehya com uma oftalmologista também foi mencionado de passagem. Ela o aconselhou a ir à Cabine para obter um Certificado de Cidadania Legítima, necessário para obter uma permissão. Eles foram a pé juntos, porque ela precisava de aprovação do funcionário para um exame ocular a que a irmã havia se submetido antes que o Portão o aceitasse.

Tarek achou essas últimas linhas confusas e perguntou a um colega sobre o protocolo para exames oftalmológicos. Soube que os exames de vista precisavam ser aprovados pela Cabine e que cinco por cento dos resultados eram determinados pelo funcionário. Em geral, ele acrescentava os cinco por cento integralmente à pontuação do paciente, a não ser que por acaso estivesse irritado naquele dia. Os encontros de Yehya com a sra. Alfat, a enfermeira-chefe, foram observados e registrados em detalhes, em especial o segundo encontro. Dizia que Yehya lhe fizera perguntas sobre seu trabalho no hospital e se cada enfermeira tinha sua própria especialização. Ele aparentou satisfação com as respostas dela, depois perguntou diretamente se ela o ajudaria a remover a bala e lhe ofereceu uma soma considerável se ela própria fizesse a cirurgia. Disse que pagaria assim que estivesse terminada, desde que ela lhe entregasse a bala. A frase seguinte dizia que ele lhe mostrou um maço de declarações judiciais isentando-a de responsabilidade criminal e médica, deixando toda a responsabilidade com ele, se sofresse algum dano. Depois da proposta de Yehya havia um espaço em branco no papel, e Tarek imaginou que estava reservado para a resposta da sra. Alfat. Nada naquele parágrafo indicava se ela aceitara ou rejeitara a proposta dele.

Tarek pensou em tudo isso, subitamente surpreso, como se descobrisse algo pela primeira vez. Abrira o arquivo dezenas de vezes e nunca o deixara muito tempo longe dos olhos, mas ainda não tinha a menor ideia de quem registrava essas informações. O mais estranho era que até agora Tarek nunca havia se perguntado exatamente quem atualizava os arquivos, nem como. Ele passara meses entre as páginas, e todo dia havia um acréscimo. Quem quer que fosse, atualizava o arquivo meticulosamente, monitorando tudo, dia após dia, com datas e às vezes até a hora. Talvez, bem no fundo, ele se contentasse em observar Yehya de longe, ficasse um tanto grato por tudo isso, com medo de cavar fundo demais e a escrita cessar.

Além de todo o resto no Documento Nº 6, o estado de saúde de Yehya também era documentado, e Tarek, ao fazer sua leitura, percebeu que a saúde dele lentamente se deteriorava. Não havia possibilidade de sua condição se estabilizar, como ele poderia ter esperado. Yehya urinava com menos frequência, a cada vez só deixava passar algumas gotas de um fluido rosado e purulento. Costumava comprar uma grande quantidade de analgésicos pesados em farmácias próximas, e sua capacidade de caminhar e se sentar claramente tinha declinado. Tarek quase deixou cair o arquivo, alarmado, quando leu os últimos sintomas de Yehya. Ele se levantou e ligou para Amani, numa esperança desesperada de que não fossem verdadeiros e que ela dissesse algo para atenuar sua culpa. Mas Amani não atendeu ao telefone. Talvez o ignorasse porque ele os abandonara, ou era possível que algo tivesse acontecido com ela. Ele sentia como se seu próprio estado mental declinasse; revirava os detalhes mentalmente em todo o seu caráter absurdo, incapaz de desvencilhá-los das próprias emoções. Quisera ele ter feito a cirurgia antes de descobrir que precisava de uma permissão. Mesmo que o tivessem investigado e o convocado ao Portão, ele poderia dar a impressão de um tolo ignorante, jurando que não sabia a respeito da lei, mas não teria sido obrigado a dizer uma mentira. Agora, entretanto, ele sabia: não podia fingir outra coisa e não conseguia se obrigar a mentir.

Anexo 1

Acompanhantes do Paciente

	Idade	Identidade
1. Amani Sayed Ibrahim	37	0307011602131
2. Ismail Mohamed Abdullah	–	–
3. Ragi Sherif Saad	–	–
4. Mariam Fouad Selim	–	–
5. Maged Ahmed Fathy	–	–

O último documento do arquivo continha os nomes das pessoas que carregaram Yehya ao hospital mais próximo quando ele foi baleado. Tarek não reconheceu nenhum, a não ser por Amani, que estava no topo da lista. Havia nomes de outros quatro, três homens e uma mulher, mas nenhuma informação sobre quem seriam. Nem mesmo continha seus números de identidade, e eles não apareciam na tabela de amigos e conhecidos, que respondia pela maior parte do arquivo. Não havia ninguém a quem ele pudesse telefonar e que o levasse a Yehya, então ele não podia ser de ajuda nenhuma, embora soubesse o quanto Yehya estava sofrendo. Ainda assim, ele também era incapaz de ignorar tudo, ou fingir que nada daquilo tinha acontecido. O turbilhão constante e sua própria impotência para controlar os pensamentos e sentimentos o sufocavam. Ele estava em suspenso nesta área cinzenta, sem fazer nada durante meses, desde que abrira o arquivo pela primeira vez. Agora, de súbito, em um momento de fúria precipitada, ele decidiu ir à fila à procura de Yehya.

Ele chegou ao cair da noite. O ar tinha um frio mordente, provocando arrepios por todo o seu corpo, e não havia luz suficiente para distinguir o rosto das pessoas. Era impossível procurar pela multidão, um por um; algumas pessoas se ofereceram para orientá-lo, mas ele não tinha resposta para a pergunta que cada uma delas fazia: "Onde na fila ele disse que estava?" Ele ouvira falar tanto deste lugar, e tinha escutado com interesse as histórias que os novos médicos e enfermeiras trocavam, mas nunca imaginou que se veria perdido em meio àquela multidão. Jamais imaginara que não conseguiria encontrar o homem cujo corpo trazia um ferimento que o destacava de todos os outros e cujo rosto nunca deixava a mente de Tarek, nem mesmo quando ele dormia.

Ele andou o máximo que pôde até o início, mas nunca chegava lá. Sempre que identificava um grupo de pessoas na luz fraca e imaginava que finalmente estava à testa da fila, percebia que era apenas outra interrupção, algo parecido com uma parada para descanso. Aos poucos foi se dando conta de que a fila era imensa e do que o motorista havia querido dizer quando falou aos passageiros "Este ônibus vai ao final da fila, até o caixote; se querem ir ao início da fila, peguem outro ônibus".

Yehya não estava ali, ou, se estava, Tarek não conseguia encontrá-lo. As luzes se apagavam, e as pessoas se preparavam para a noite, enquanto outras saíam para voltar pela manhã, mas Yehya não aparecia entre aqueles que dormiam ou partiam. Tarek pegou o telefone e tentou ligar novamente para Amani, mas ela também não atendeu desta vez, como se também estivesse desaparecida. Ele sentiu uma solidão dominadora; era um estranho ali. Sua testa tinha um suor frio, o estômago estava apertado, e ele era dominado por um único pensamento: o desejo de voltar ao lugar de onde viera, aquela sala aquecida e bem iluminada. Ele se viu em um micro-ônibus, automaticamente saltando na frente do hospital. Ao chegar lá, trancou a porta de sua sala, tomou vários sedativos e ficou sentado ali, sozinho e perdido em pensamentos, com o arquivo de Yehya aberto a sua frente.

O PESADELO

Por semanas antes de sair do emprego, Amani não fez venda nenhuma; dava os telefonemas aos clientes habituais, depois perdia o controle no meio da conversa, entrando em brigas desnecessárias com eles. Quando ela desligou na cara de um dos clientes grandes, proprietário de um hotel, o chefe a chamou em seu escritório, cortou uma parcela considerável do seu salário e a ameaçou com a demissão.

Ela não protestou quando, duas semanas depois, ele disse para entregar uma requisição de licença sem vencimentos, mas mesmo depois disso as coisas não melhoraram. Ela nunca saía de casa e andava por uma névoa dia e noite. Estava nervosa, esperava com ansiedade por algo indefinível. Tinha cautela quando abria a porta para alguém, até para o carteiro, e sempre que os anúncios do Portão chegavam pela televisão, ela saía da sala.

Amani não tinha nada para fazer, nem pensar, apenas seu fracasso na obtenção da radiografia. Culpava-se o tempo todo, os pensamentos giravam interminavelmente em círculos enquanto ela refletia sobre o que deveria ter feito e todos os erros que cometera no Hospital Zéfiro. Se não fosse por ela, eles teriam tido sucesso, e Yehya passaria pela cirurgia sem contratempos.

Uma noite, quando não conseguia dormir, ela notou várias chamadas perdidas de Tarek no telefone. Pensou em retornar a ligação, mas só a visão do número dele a apavorava. Ela o imaginou dizendo-lhe que tragédias a aguardavam, e seu dedo pressionou o botão vermelho como que por vontade própria, desligando o aparelho. Ela ficou deitada na cama, revirando-se, a cabeça rodava novamente, cheia de imagens. Imaginou Yehya a seu lado, sentia sua respiração e seu cheiro, depois fechou os olhos e viu uma confusão desconcertante. A lembrança do enterro da filha de Um Mabrouk se misturava com a imagem de Yehya parado em um cemitério, vestindo uniforme de coveiro, depois ele tombava devido à perda de sangue, morto.

Tarek também visitava seus sonhos espasmódicos. Ele olhava uma bala que se projetava da barriga de Yehya, mas não estendia a mão para retirá-la. Ela viu Yehya entrando no Portão e saindo do outro lado com o corpo dividido em faixas horizontais, mas aquela que continha a bala não estava presente. Enquanto isso, Nagy repetia que a bala fazia parte de um todo fundamental que jamais deveria ser dividido, conforme teorias filosóficas e sociológicas consagradas: é preciso lidar com ela em seu estado natural, do qual não deve ser removida, de modo a não perturbar o contexto. Em um canto de seu sonho estava um trator imenso e apavorante cavando uma sepultura funda para Yehya ser enterrado, e um homem de pé ao lado dela; seu rosto era cruel e conhecido, mas ela não sabia dizer exatamente quem era.

Em seguida, a cena mudou, e ela se viu em algum lugar majestoso e opulento; havia suntuosos painéis de madeira, móveis de luxo e tapetes suaves e macios, mas ela não se atrevia a pisar neles, os pés pareciam ordinários demais perto de todo o resto. Havia uma placa preta estampada com as palavras DEPARTAMENTO DE CONSPIRAÇÕES em caracteres dourados e brilhantes; ela era a única ali. E então ela estava de volta ao cemitério e desta vez andava por ele na completa escuridão, passando por outros que se moviam por ali como a própria Amani, em silêncio. O porão: intuitivamente, ela sabia que estava no porão, como se a palavra estivesse o tempo todo suspensa no ar. Ela não o via, mas, apreendendo a situação com todos os sentidos, teve um instante apavorante de percepção. E quando entendeu que estava aprisionada ali para sempre, acordou em pânico, os pelos dos braços eriçados e tremendo, a língua presa na garganta seca. Os pesadelos se repetiam numa miríade de variações a noite toda, até que ela não soube mais a diferença entre sonhos e realidade.

INVERNO

O inverno tinha começado oficialmente. Assim declarava a mensagem transmitida pela televisão depois do anúncio diário do Portão, e o sol que tinha dividido o corpo de Yehya em dois todo meio-dia respondeu abrandando um pouco. Havia uma leve brisa, e ele não precisava mais trocar de lugar com Nagy para ter sombra, mas, à medida que a temperatura caía, o latejamento e os espasmos do lado esquerdo ficavam mais fortes, até que ele gemia sempre que o peito se enchia e se esvaziava de ar. A urina agora era quase inteiramente sangue, e ele não conseguia dobrar os joelhos, nem a cintura, e assim passava todo o tempo de pé ou estendido na calçada, junto da fila. Ultimamente, raras vezes conseguia visitar o ponto de reunião de Um Mabrouk, e Nagy nunca saía de seu lado.

Ehab passou na hora de costume, no caminho de volta da Cabine, onde acabara de saber dos resultados da entrevista que ele fizera algum tempo atrás para o cargo no Departamento de Comunicações. Passou pela seção intermediária da fila, recolhendo algumas notícias, e descobriu que Ines tinha partido para sempre. Ao que parecia, ela se casara com o homem da *galabeya*. Antes de ir embora, dera tudo que carregara naqueles últimos meses ao filho da mulher do Sul, dizendo-lhe que mandava lembranças à mãe dele. Mabrouk se formara na escola fundamental, embora tivesse faltado a várias provas enquanto estava na fila, e suas crises renais voltaram. Um Mabrouk expandira a lojinha e, seguindo o conselho da mulher de cabelo curto, comprara alguns vasos de barro e plantara hortelã. Por fim, ele lhes disse que o comitê de análise tinha rejeitado a maioria das candidaturas ao cargo, alegando que a todos faltava experiência prática e habilidades adequadas. Ele tinha sido o primeiro a ser rejeitado.

Yehya estava preocupado com outras coisas e só comentou as notícias de Ehab depois que ele terminou. Em seguida, perguntou se havia alguma notícia de Amani, mas Ehab disse que não. Nagy decidiu telefonar para ela e escolheu justo o momento certo, resgatando-a de um poço de confusão e indecisão. Apavorada, ela lhe contou sobre a saraivada de telefonemas que não tinha atendido, e ele passou o telefone a Yehya. Ele falou com ela por menos de um minuto, mas as palavras de Amani vacilaram enquanto o barulho da fila quase tragava a voz fraca de Yehya, e eles mal conseguiram conversar.

As tentativas de Tarek de falar com ela provocaram uma ansiedade imprevista neles, levando-os a uma discussão de todas as possíveis explicações. Talvez ele tivesse decidido lhes entregar a radiografia, talvez estivesse pensando em fazer a cirurgia, talvez ele também tivesse sido ameaçado, ou recebera a ordem de fazê-la do fundo das profundezas do Hospital Zéfiro. Quaisquer que fossem suas intenções, eles precisavam falar com Tarek.

Quando Tarek foi à fila pela segunda vez, preocupado e abatido, conseguiu encontrá-los com facilidade porque Nagy descrevera extensamente a localização deles por telefone. Ele foi com Nagy até onde estava Yehya, sentado no chão, lendo os jornais que se espalhavam a sua volta. O vapor subia de um copo de chá quente, cheio até a borda, que ele tinha colocado do lado esquerdo, e Tarek foi tomado de vergonha quando viu isso, sabendo que Yehya tentava aliviar a dor mantendo a área aquecida. Ele se abaixou para apertar a mão de Yehya e se sentou ao lado dele no chão. Eles trocaram algumas palavras cordiais, concordando tacitamente em não se envolverem nos detalhes do problema.

 Tarek admitiu para si mesmo que quisera visitar Yehya não só para confirmar o que tinha lido no arquivo, mas também para se tranquilizar. Porém, era diferente ver Yehya pessoalmente. Sua saúde estava verdadeiramente ruim, pior do que ele tinha lido e pior do que esperara. E não havia nada que Tarek pudesse fazer, nada mais do que o próprio Yehya já fizera com a ajuda dos amigos.

A CABINE

Uma chuva torrencial caiu nos distritos, inundando hectares de terra, inclusive a área cultivada pelas famílias de Shalaby e Mahfouz. Suas choças se desintegraram, arrastadas por um aguaceiro que levou dias para ceder. Shalaby foi às pressas a sua cidade natal, cuidando de levar a medalha, e viu a ruína com os próprios olhos. Toda a lavoura tinha sido destruída, a televisão e o chuveiro se foram, assim como todas as roupas de Mahfouz. Não havia nada além de água, quase na altura dos joelhos dele. Abalado pelos lamentos da mãe, da tia e das cinco irmãs mais novas, ele percebeu que a melhor solução era ir à Cabine novamente.

Ele levou provas dos danos e pediu uma nova área de terra para as famílias, longe da chuva arrasadora, mas o funcionário sentado na Cabine o acusou de tentativa de fraude e de ter provocado a enchente, antes de tudo. Shalaby inundara as choças de propósito, disse ele com confiança, para adquirir terras em que podia construir uma casa, em vez da fazenda encharcada onde eles só podiam armar aqueles barracos frágeis.

Shalaby ficou petrificado por um momento, esperando que o funcionário terminasse sua brincadeira, mas o homem estava inteiramente sério. Tinha passado por muita coisa nas últimas semanas; foi ridicularizado e insultado, sua honra e sua dignidade foram arrastadas na lama. Seu comandante e a unidade o abandonaram, assim como o Portão; ele até foi obrigado a mentir para as pessoas só para livrar a própria cara, e esta foi a última indignidade. Shalaby tremia de raiva e agarrou o funcionário pelo pescoço com um rugido, tão repentinamente que o homem não teve a chance de recuar. Shalaby meteu seu punho grosso entre as barras da grade de ferro, desferiu um golpe na cara do funcionário, depois pegou a medalha no bolso da camisa e deu com ela na cabeça do homem, até que as pessoas que esperavam atrás dele o arrastaram dali, horrorizadas. Shalaby xingou e gritou que era o primo de um mártir, que tinha direitos, que o Portão lhe devia, e ele morreria como seu primo antes de abandonar seus direitos.

Em questão de horas, a história chegou a toda a fila, as pessoas a passavam adiante com um misto de perplexidade e prazer, e a mulher de cabelo curto a anunciou em sua reunião diária. Algumas pessoas esperavam que Shalaby viesse a ser o primeiro da fila dado como desaparecido, mas ele voltou alguns dias depois. Estava mais calmo e insistiu que ficaria em seu lugar até a abertura do Portão, ignorando as perguntas que o assediavam. Alguns dias depois, confidenciou a Um Mabrouk que queria saber a verdade, mas o que era exatamente a verdade, ele não diria.

À medida que a fila inchava e se estendia para distritos distantes e praticamente despovoados, o Portão promulgou um decreto para a construção de um muro em volta de todos que esperavam. Para a proteção deles, é claro. Isto foi especialmente importante, dando provas de que tinha surgido quem quisesse tirar proveito da situação; determinados indivíduos tentavam se meter com a segurança, a tranquilidade e a mente dos cidadãos justos. Não muito tempo depois disso, as pessoas no meio da fila notaram que um homem tinha aparecido no telhado do Edifício Norte, atrás de um objeto em um tripé. Parecia um telescópio, ou uma filmadora antiga, e seu cano estava apontado para o final da fila. Desde o momento em que apareceu, o homem jamais abandonou o posto, ou pelo menos ninguém o viu se levantar ou sair, em nenhuma hora do dia. Quando alguns veteranos da fila decidiram se revezar para observá-lo, confirmaram, apreensivos, que ele não havia se mexido um centímetro depois de seis dias inteiros.

Eles tiveram de contar a ela, antes que ela passasse ao grande vazio, que nada acontecera, nenhum ferimento, nenhuma bala, nenhum arquivo, nada... mas Amani não acreditara nisso. Mesmo assim, talvez as alegações deles fossem verdadeiras. Ela considerou esta hipótese enquanto ouvia a nova mensagem do Portão, transmitida pela Estação Jovem, de que um grande sucesso de bilheteria tinha sido filmado na praça recentemente. Os países envolvidos nesta coprodução queriam que o filme parecesse o mais natural possível e mantiveram as câmeras e o equipamento de filmagem escondidos da vista. O anúncio acrescentava que aquele era um dos maiores filmes de ação da história do mundo, explicando que este era o motivo para alguns cidadãos acreditarem que houve balas, gás lacrimogêneo e fumaça, embora claramente não tivesse havido nada disso, nada senão os efeitos especiais padrão. O Portão apelava a todos que continuassem calmos e evitassem ser desencaminhados por boatos inventados e espalhados por loucos desequilibrados. Ele explicava que a vida continuava como sempre.

Amani relaxou. Encontrou o que havia muito esperava na mensagem do Portão – estabilidade e tranquilidade –, enquanto Yehya ainda sangrava lentamente. Era tudo uma simples ficção, concluiu ela; essa era a explicação racional e convincente, mas tudo aquilo a havia enganado e a todos os outros. Se ela tivesse aceitado essa explicação desde o começo, não teria saído do emprego, não teria se trancado em casa, nem se afastado do mundo. Yehya não teria passado por esse tormento esse tempo todo, imaginando que tinha sido envolvido em uma situação perigosa, ou que tinha uma responsabilidade que não podia ignorar. Ela sentia muita falta dele e também de Nagy, até de Ehab, que ela só vira uma vez; ansiava por ver a todos. Sim, nada realmente acontecera.

Ela se rendeu às conclusões que tinha começado a tecer em torno da mensagem do Portão, empurrando o medo, as ameaças e a incerteza a um canto escuro de sua mente, banindo tudo que lhe subtraía o sono. Sentia-se libertada; livre dos temores que envolveram sua vida e sua mente pelo que parecia uma eternidade.

Enfim, um peso lhe saiu do peito. Ela abriu os pulmões, tomou uma boa golfada de ar e pegou o telefone para falar com Nagy. Não estava preocupada com os alertas dele, tinha boas notícias. Depois tentou convencer Yehya de que a bala que penetrara a lateral de seu corpo e havia se alojado na sua pelve era falsa, não era importante removê-la, e ele não precisava mais se incomodar com a questão de quem atirara nele. Mas Yehya não se convenceu e não parou de sangrar.

A PROPOSTA DE TAREK

Tarek ouviu a última mensagem do Portão e tomou uma decisão: faria a cirurgia. As declarações do Portão ficavam mais absurdas a cada dia, e ele sabia que Yehya morreria em breve, se nada mudasse. Sentia que não tinha nada a perder com uma última tentativa. Teve uma ideia que certamente era heterodoxa, mas também estava convencido de que era válida. Se pudesse operar Yehya na casa de um de seus amigos, quem sabe na casa de Nagy ou Amani, talvez eles encontrassem um jeito de contornar a permissão. As leis promulgadas pelo Portão só eram aplicadas a hospitais e clínicas e nada diziam a respeito de pessoas comuns em seus lares. Tarek podia levar os instrumentos cirúrgicos de que precisava e fazer a operação ali. Seria mais fácil se Alfat aceitasse a proposta de Yehya e concordasse em ajudá-los, e talvez ele pudesse lhes mostrar como remover a bala sem que ele mesmo tivesse de encostar um dedo em Yehya.

Ele não teve dificuldade para convencê-los. Todos concordaram com a ideia, exceto Amani, que ninguém tinha visto. Ehab ficou animado, decidido a fotografar a cirurgia, e Nagy ofereceu seu apartamento como sala de operação. Ambos prometeram ajudar Tarek com o que fosse necessário. Yehya também concordou com o plano, mas queria esperar alguns dias, para o caso de Alfat voltar, a fim de ver se ela concordaria em dar assistência. Havia alguns dias, ela não estava em seu lugar habitual. Tarek marcou uma hora com Nagy, quando os dois pudessem dar uma olhada em seu apartamento e preparar um cômodo com a iluminação e os móveis necessários, depois ele os deixou.

Assim que voltou ao hospital, ele escreveu a data e a hora combinadas em uma tira de papel, rabiscando a lápis em volta para não esquecer, e a colocou em um lugar de destaque na mesa. Folheou as páginas do arquivo, como se acostumara a fazer, e com um bocejo percebeu que suas três visitas à fila foram registradas. Cada uma delas foi marcada com data e hora, mas o espaço deixado para a resposta de Alfat continuava em branco. Alguns dias depois, Nagy lhe disse que Alfat ainda não havia voltado e que suas piores suspeitas foram confirmadas: ela se tornara a primeira pessoa a desaparecer da fila.

Depois do desaparecimento de Alfat, eles passaram a trabalhar com mais rapidez: Tarek e Nagy anteciparam a data, e Ehab foi procurar uma câmera melhor do que aquela que podia pegar emprestada no jornal. Depois de comprar uma câmera, ele não deixou Yehya, que começara a sofrer episódios de desmaio e se recusava a sair de seu lugar. Ele deu a Nagy a tarefa de procurar por Alfat na fila e disse para prestar muita atenção. Assombrado por premonições sombrias da perda de Yehya e também de Amani, Nagy se ocupou acompanhando as notícias dadas pela mulher de cabelo curto e se posicionou perto da barraca e das cadeiras de Um Mabrouk, esperando pela hora marcada. Nada de novo aconteceu enquanto ele esteve ali. Um clima tenso tinha tomado toda a fila e surgiram mais discussões. Novos boatos sobre o homem parado no telhado do Edifício Norte também vieram à tona, mas Nagy estava concentrado unicamente em encontrar Alfat.

Vários dias se passaram, e Tarek fazia testes no hospital e finalizava a lista do equipamento que precisaria levar ao apartamento de Nagy. Sabah não entendia por que ele andava sorrateiro por ali e desaparecia para atividades secretas, nem por que ele passava menos tempo recostado e sozinho em sua sala. Ela tentou arrancar isso dele, mas Tarek não lhe disse nada. Porém a espera o sobrecarregou, e depois de alguns dias Tarek perdia a coragem. Seu compromisso vacilava e empalidecia, e ele pensou em uma desculpa plausível para adiar a hora marcada com Nagy para a preparação do apartamento. Consumido pelo medo, receava ter sido precipitado demais na ideia e que esse único ato pudesse destruir seu futuro para sempre. Leu novamente o arquivo; não continha detalhes de suas visitas a Yehya, ou a proposta de fazer a cirurgia na casa de Nagy, mas ele sabia que devia estar sob vigilância. No momento em que detalhes de sua primeira ida à fila apareceram no arquivo, seu nome foi transferido do espaço ao lado de "médico responsável" para as páginas internas. Agora, estava entre aqueles no Documento Nº 6, abaixo do cabeçalho *Acompanhamento*.

Depois de duas noites insones, ele tomou sua decisão e resolveu apostar tudo no cumprimento da promessa que fez. Telefonou para Nagy a fim de confirmar a hora, depois pediu uma semana inteira de férias, algo que nunca tinha feito durante todo o tempo em que estivera no hospital. Sabah espalhou uma teia de boatos em torno dele; disse que Tarek ia se casar com outra médica de sua clínica e que se preparava para viajar ao exterior, e quando ele parou de assinar as entradas e saídas, sem confirmar nem negar nenhum dos boatos, ela disse que talvez ele tivesse seguido os passos da enfermeira-chefe, cujo paradeiro ainda não era conhecido de ninguém.

Ele voltou para casa a pé depois de terminar a primeira tarefa na casa de Nagy; o cômodo estava pronto para eles e para a bala. Foi para a cama, puxou os lençóis e dormiu mais profundamente do que fazia havia muito tempo. Vestiu-se assim que acordou e foi diretamente ao consultório. Entrou no hospital sem ver ninguém, pegou o arquivo e abriu na última página para ler o que fora escrito sobre as horas que passara no apartamento de Nagy. Mas não havia registro nenhum de sua visita, nem uma única linha ou a mais leve indicação de que estivera lá. Era estranho. Era a primeira vez que não registravam nada de novo sobre Yehya. Ele esquadrinhou as páginas novamente, procurando pelo próprio nome ou qualquer coisa que tivesse sido acrescentada, depois viu algo que inicialmente não tinha notado. Ao pé da página havia uma linha que de algum modo ele deixara passar: *Yehya Gad el-Rab Saeed passou 140 noites de sua vida na fila.*

A página anterior cobria a antevéspera, depois as atualizações paravam. Tarek mergulhou em pensamentos, confuso, com o peito apertado. Tudo que tinha acontecido girava em sua mente como se fosse uma única cena longa e ininterrupta. Ele ficou sentado ali, em silêncio, calmo, os olhos fixos na parede do outro lado da sala. Não havia necessidade de ler as páginas do arquivo outra vez. Automaticamente, ele pôs a mão no bolso, mas tinha deixado o lápis preferido no paletó, que ficara em casa. Ele pegou uma caneta azul na gaveta da mesa e, enquanto hesitava por um momento no papel, deixou um pequeno ponto de tinta na página. Em seguida, acrescentou rapidamente uma frase à mão na base do quinto documento. Fechou o arquivo, deixou na mesa e se levantou.

Impressão e Acabamento:
LIS GRÁFICA E EDITORA LTDA.